Liliya Dimowa, einst die Muse in den Künstlerkreisen der bulgarischen Hauptstadt Sofia, ist als 71-jährige Witwe noch äußerst lebenslustig und subversiv wie je. Ihr Mann gehörte zu den verfemten Schriftstellern, als Bulgarien der treueste aller Vasallenstaaten der UdSSR war. In der Literatur zählte nur der sozialistische Realismus, ihr Gott war Michail Scholochow. Wer der Maxime nicht entsprach, dem drohte Lagerhaft; auch Liliyas Mann war zum Schweigen verdammt. Seine Witwe hat es sich zur Lebensaufgabe gemacht, die Geschichte des Kommunismus zu korrigieren, und nimmt Rache, indem sie z. B. die Seiten aus Scholochows Werken als Toilettenpapier benutzt – aus Liebe zu ihrem verstorbenen Mann und für alle anderen Vergessenen, die ihren Kampf um das freie Wort teuer bezahlen mussten.

DIMITRI VERHULST wurde 1972 in Aalst, Belgien, geboren und gilt als einer der besten auf Niederländisch schreibenden Schriftsteller. Der Roman »Die Beschissenheit der Dinge«, in dem er seine eigene Geschichte erzählt, war ein Nr.-1-Bestseller, wurde für den AKO-Literaturpreis nominiert und mit dem Publikumspreis »Goldene Eule« ausgezeichnet. Die Verfilmung von Felix van Groeningen wurde in Cannes mit dem Prix Art et Essai prämiert. Dimitri Verhulsts Werke sind in mehr als zwanzig Sprachen übersetzt und wurden mit zahlreichen Preisen ausgezeichnet.

DIMITRI VERHULST BEI BTB
Die Beschissenheit der Dinge. Roman (74252)
Die letzte Liebe meiner Mutter. Roman (74524)
Der Bibliothekar, der lieber dement war als zu Hause bei seiner Frau. Roman (71324)

DIMITRI VERHULST

DAS LEBEN, VON UNTEN GESEHEN

ROMAN

Aus dem Niederländischen
von Rainer Kersten

btb

Die Originalausgabe erschien 2016 unter dem Titel »Het leven gezien van beneden« bei Atlas Contact, Amsterdam/Antwerpen.

Dieses Buch wurde mit Unterstützung von Flanders Literature herausgegeben.

Sollte diese Publikation Links auf Webseiten Dritter enthalten, so übernehmen wir für deren Inhalte keine Haftung, da wir uns diese nicht zu eigen machen, sondern lediglich auf deren Stand zum Zeitpunkt der Erstveröffentlichung verweisen.

Dieses Buch ist auch als E-Book erhältlich.

Verlagsgruppe Random House FSC® N001967

1. Auflage
Deutsche Erstausgabe März 2020
btb Verlag in der Verlagsgruppe Random House GmbH,
Neumarkter Straße 28, 81673 München
Copyright © der Originalausgabe 2016 Dimitri Verhulst
Copyright © der deutschsprachigen Ausgabe 2020 btb Verlag
in der Verlagsgruppe Random House GmbH, München
Umschlaggestaltung: semper smile, München
Umschlagmotiv: © plainpicture/Christof Mattes;
© Shutterstock/stockphoto mania
Satz: Uhl + Massopust, Aalen
Druck und Einband: GGP Media GmbH, Pößneck
CP · Herstellung: sc
Printed in Germany
ISBN 978-3-442-71783-5

www.btb-verlag.de
www.facebook.com/btbverlag

Dem freien Wort.
All denen, die dafür gekämpft haben
und immer noch kämpfen.
All denen,
die dafür noch werden kämpfen müssen.

– 1965 –

Der zehnte Dezember ist nicht das denkbar fröhlichste Datum, um in Stockholm eine Festivität zu veranstalten, doch das wird Michail Scholochow wenig ausgemacht haben, als er im Jahr 1965 diese Stadt ansteuerte, um sich seinen Nobelpreis für Literatur abzuholen. Er wusste, was Winter bedeutet. Wie der Eisgang den Fluss in eine Polarlandschaft verwandelt, hatte er in jenem Roman beschrieben, durch den er auf immer in Erinnerung bleiben würde, solange die Menschheit sich überhaupt noch irgendwie für Bücher interessierte. Und obwohl der Wind grässlich dreinfahren kann an dem Ort, wo eine Goldmedaille ihn ungeduldig erwartete, dürfen wir uns angesichts seines Charakters getrost vorstellen, er habe bei der Ankunft im Schärengarten der schwedischen Hauptstadt sogar sein Jackett ausgezogen, um seine Abhärtung als echter Kosak zu beweisen. Wobei er die Jacke in Wahrheit wohl ganz normal anbehielt, sowohl aus Höflichkeit als auch aus Angst, er könne die Tischrede, die er sorgfältig in seiner Brusttasche verwahrt hatte, durch solch kleidungstechnischen Übermut verlieren. Vor seiner Abreise aus Moskau war er, der sogenannte »Leo Tolstoi des Volkes«, noch schnell zum Friseur gegangen und hatte sich ein paar Tropfen Parfüm auf den bald aus Marmor zu meißelnden Schädel gesprenkelt, um einen Preis in Empfang zu nehmen, den der echte, doch unbestreitbar weniger volkstümliche Tolstoi niemals bekommen hatte. Das hier war sein großer Tag. Heute wurde abgerechnet mit seinen dunklen Jahren als Holzhacker, Hafenarbeiter, Buchhalter, Steinmetz und Abgabenkommissar, als Mädchen für alles und Handlanger für nichts. Definitiv abgerechnet auch mit den Ärschen, in die er hatte kriechen müssen als Journalist auf seinem mühsamen Weg nach oben. Dass er seine Manuskripte anfangs hatte anbieten müssen wie Sauerbier, machte ihn jetzt nur noch größer, ihn, den Sohn einer analphabetischen Mutter. Mit Genugtuung dachte er an all die Redakteure, die sich nun gewiss die Haare rauften, da sie realisierten, dass sie die noch unkultivierten Geniestreiche eines künftigen Nobelpreisträgers abgelehnt hatten. Nicht mehr lang konnte es dauern, und sein Gesicht würde auf der Fünf-Kopeken-Briefmarke prangen, Straßenschilder würden mit seinem Namen versehen werden, und nur das ewige Leben konnte ihn jetzt noch der Ehrung durch ein Staatsbegräbnis berauben.

Bloßer Zufall existiert nur für Menschen ohne Talent. Dass das Stockholmer Rathaus an einer weiten Wasserfläche lag, hatte einen tieferen Grund, und der lautete: Michail Alexandrowitsch Scholochow! Leidenschaftlicher Liebhaber von Flüssen sowohl im Herzen als auch mit der Feder, hochoffizieller Beschützer der Wolga und des Baikals. Dieser Proletariersohn, noch nicht von der Natur entfremdet, der wusste, wann man den Sterlet am leichtesten fing, muss auch gewusst haben, dass die Brücken im Zentrum dieser Perle des Nordens, dieses Eisschrank-Venedigs, der beste Ort auf der Welt waren, um Lachse zu angeln. Oder die Rotforelle, diesen göttlichen Fisch, der auf dem Teller keine andere Beilage benötigt als höchstens ein paar gekochte Kartoffeln. Und etwas grünen Spargel, wenn sich's ergibt, etwa zu Mittsommer.

Da Scholochow sich angewöhnt hatte, seinen Adamsapfel hinter einem modischen Rollkragen oder fest zugeknöpften Hemd zu verstecken, muss das Pulsieren des Bluts in seiner zugeschnürten Kehle unerträglich gewesen sein, als er die Treppe zum Rathaus hinaufstieg, feierlich, so wie es einem Träger des Leninpreises, des Stalinpreises und nun also auch des Nobelpreises geziemt. Der oberste Knopf seines Hemds blieb darum auch geschlossen, als er vor dem Rathausportal dem Bürgermeister herzlich die Hand schüttelte: Hjalmar Leo Mehr, eigentlich Meyerowitsch, Radikalsozialist und Sohn jüdisch-russischer Revolutionäre. Genossen unter sich. Möglicherweise erkannte Scholochow unter den Geladenen auch Olof Palme, ein junger linker Wilder, seit er auf einer Reise durch die USA die himmelschreiende soziale Ungleichheit mit eigenen, bisweilen grau schimmernden Augen gesehen hatte, und mittlerweile schwedischer Verkehrsminister, doch längst noch nicht so berühmt, wie ein mit allen Wassern gewaschener Mörder ihn einundzwanzig Jahre später mit einem einzigen, perfekt gezielten Schuss in den Rücken machen sollte. Ein großes, bedeutendes Publikum also, darunter Mitglieder der mächtigen Verlegerfamilie Bonnier, mit Verbindungen bis in die Raucherzimmer des königlichen Palasts. Auch der Monarch wollte bei diesem Nobelbankett nicht fehlen. Gustav VI.: langweiliger Gesprächspartner, schlechter Billardspieler, Amateurbotaniker mit einer gewissen Vorliebe für die Wunderwelt der Rhododendren, Gerüchten zufolge jedoch ein ausgesprochener Literaturliebhaber mit einer gigantischen Bibliothek, die seinem Hofpersonal einige Tage pro Jahr vergnügliche Stunden beim Abstauben bescherte. Alle waren sie gekommen, um das Glas auf den großen Michail Scholochow zu erheben. Sowie als Privilegierte natürlich seiner Rede zu lauschen und sie hinterher nach Kräften zu beklatschen.

Um den Bankettsaal zu erreichen, mussten Scholochow und seine Bewunderer zunächst die Prinzengalerie passieren, die der Bruder des verstorbenen Königs, Prinz Eugen, mit einem Fresko schmücken zu müssen geglaubt hatte, wie Kaiser Nero in der törichten Annahme, Rang und Stand führten automatisch zu künstlerischem Talent. Tief in seinem düsteren Inneren empfand Scholochow große Sympathie für diesen drittklassigen Künstler, aus Gründen, die er nicht öffentlich eingestehen konnte, erst recht nicht jetzt, an dem Tag, da ihm der Nobelpreis überreicht wurde.

Nach der Prinzengalerie wurde die Gesellschaft durch den Goldenen Saal geführt. Mehr Prunk als Pracht. Ein steinerner Kasten, ausgekleidet mit Myriaden goldener Plättchen, nach Aussage des Kunsthistorikers, der sie mühevoll gezählt hatte, mindestens achtzehn Millionen. Die Abbildung der anorektischen Blondine an einer der Wände sollte Stockholm darstellen, im Zentrum der Welt – nein, in der Mitte des Universums! Die meisten Kinderzeichnungen waren besser gelungen. Doch auch hier wird Scholochow eine geheime brüderliche Verbundenheit mit dem Schöpfer dieses gemalten Auswurfs gespürt haben.

Von der Decke dieser Glittergrotte sollten nachher die Gerichte herabschweben, direkt aus der Küche. Geübte Nasen konnten das Menü vielleicht jetzt schon erschnüffeln: pochierte Seezungenröllchen, farciertes Huhn an Spargelschaum mit einer Madeirasoße auf Basis von Gänseleber, als Nachspeise Ananas mazedonisch, mit Likör natürlich, und Petits Fours. Danach Kaffee und, etwas uninspiriert, Anisette »Marie-Brizard« sowie Courvoisier. Das Kosakenherz des bejubelten Autors hätte zweifellos höher geschlagen, wäre eine Flasche Wodka auf den Tisch gekommen, doch die Gerüchte über sein hemmungsloses Trinken, sobald Wodka ins Spiel kam, hatten die Grenzen seines heimatlichen Dorfs Kruschilin längst überschritten; selbst durch den Eisernen Vorhang hatten sie sich gebohrt, und das Nobelkomitee fürchtete wohl eine mit bleischwerer Zunge verlesene Rede.

Das Diner selbst fand im angrenzenden sogenannten Blauen Saal statt, der trotz seines Namens die Farbe des roten, trostlosen Backsteins besaß, aus dem er erbaut worden war. Die siebenhundert Gäste suchten lärmend den ihnen nach einer unerfindlichen Logik zugewiesenen Platz, dabei im Bedarfsfall geschickt die Enttäuschung versteckend, wenn sie neben einem weniger angesehenen Zeitgenossen platziert worden waren. Die ersten Flaschen Château du Basque 1959, ein außerordentlich gutes Weinjahr, wie Genussmenschen wissen, wurden in der Küche dekantiert, als

Begleiter zum Huhn. Eine Kolonne steif livrierter Kellner mit mitleiderregenden Gesichtern, die um einen Strahl Sonne und einen Schuss Vitamin D flehten, trug die mit Champagner (Pommery & Greno Brut) gefüllten Schalen herein, und den Geladenen fiel es schwer, nicht schnell heimlich davon zu nippen. Doch bevor die Bläschen zum Himmel erhoben werden konnten, musste Scholochow noch seine Rede halten.

Er begab sich nach vorn. Das Knacken des Mikrophons sicherte ihm die internationale Aufmerksamkeit, nach der er seit Jahren gegiert hatte. Er holte sein Manuskript aus der Brusttasche, strich es kurz glatt und räusperte sich. Nur ein kleines, mehr gespieltes Raucherhüsteln war es gewesen, doch das Unheil kündigte sich darin schon an. Auch dieses umjubelte Mitglied des Zentralkomitees der KPDSU konnte dem Tod nicht auf ewig entgehen und sollte sich noch als nur allzu sterblich herausstellen, abgemagert auf vierzig Kilo, samt Kleidung, durch einen Krebs, gemeiner als die Gulags – nein, fast so gemein wie die Gulags, im Orwell-Jahr 1984. Aber ach, das waren Sorgen für morgen. Jetzt war sein Tag des Triumphs, an dem einzig und allein seiner Unsterblichkeit gedacht werden sollte.

- 1944 -

Jedem amerikanischen Kampfpiloten, der das Wesen des Krieges auch nur einigermaßen erfasste, muss es ein Vergnügen gewesen sein, Sofia in der Nacht des dreißigsten März des Jahres 1944 zu bombardieren: eine prachtvolle Stadt, süchtig nach Jazz und Fußball, sprühend vor Leben wie noch niemals zuvor, mit Einwohnern, deren sonniges Naturell schon öfter auf die Probe gestellt worden war, die das Lachen aber trotzdem nicht verlernten. Klagen war etwas für Leute, denen es gut ging und die ihr Schuldgefühl loswerden wollten. Doch egal ob Krieg oder Frieden, wann immer der fröhliche Geiger Sascho Sladura sein Können in einer Kneipe unter Beweis stellte, war Schwung und Swing in der Bude, das Paradies zum halben Preis.

Am klimatisch begünstigten Fuß des Witoscha-Gebirges hatte sich die Bevölkerung in den vergangenen fünfzig Jahren mit der Begeisterung von Mikroben vermehrt: Von einer bescheidenen Ansiedlung mit elftausend Bewohnern war die Stadt zu einer dreihunderttausend Seelen zählenden Metropole angewachsen. Das erhöhte die Chancen der Amerikaner auf einen Volltreffer. Selbst ein schielender Schütze traf hier noch irgendwo ins Schwarze. Auch ein heillos verirrtes Projektil konnte noch ein herrliches Ziel, wie zum Beispiel ein Kind, aus der Luft zerfetzen.

Auf dem Balkan hatte man seit jeher das Herz im Magen getragen, und davon würde man gewiss auch nicht abrücken. In Sachen Erhabenheit konkurrierte Essen geradezu mit dem Schachspiel. Und in diesen letzten, erschöpfenden Kriegstagen war Einfallsreichtum denn auch die logische Antwort jeder rechten Küchenprinzessin auf die nahrungsmäßige Misere. In Zeiten des Mangels beweist sich der Meister vor dem bloßen Koch.

Die Luft unter dem Himmelsgewölbe, an dem ein Geschwader tödlicher Mustangs und Lightnings heranflog, muss dementsprechend vom Duft unzähliger Aufläufe geschwängert gewesen sein: die letzte und zum Glück berückende Mahlzeit hundertneununddreißig unschuldiger Bürger, die büßen mussten, dass ihre Regierung sich dem österreichischen Irren an den Hals geworfen hatte. Kein militärisches Ziel hatten die Amerikaner an jenem dreißigsten März 1944 getroffen, sie hatten es nicht mal versucht. Sie kämpften gegen den Faschismus und ließen ihre Bomben aufs Geratewohl, wie Krähen ihren Schiss, über dem Zentrum des Stadtbezirks fallen, wo Orthodoxe, Katholiken, Moslems und Juden zum Teil seit Jahrzehnten respektvoll zusammenlebten und ihre Liebe zu Ziegenkäse sowie den Dribbelkünsten des Fußballers Wasil Spasow teilten. Keinen einzigen Juden hatten die bulgarischen Bürger von ihrem Staatsgebiet aus an die Nazis ausgeliefert. Zu Ende des Krieges lebten in Bulgarien sogar mehr Juden als zuvor. Die Regierung mochte ihr Gewissen dem Führer verkauft haben, das einfache Volk hatte nicht zugelassen, dass auch nur ein Waggon das Land Richtung Todesfabriken verließ, und sich unter Gefahr des eigenen Lebens an die Schienen gekettet. Mit Erfolg.

Leider dankt einem die Welt gute Taten traditionell nur höchst selten, wahre Güte erwartet keinen Lohn, und so richtete das einfache Volk von Sofia zum vierten Mal in dem Monat seine beschädigten Wohnungen wieder her. Schulen, öffentliche Bäder, die Nationalbibliothek, die theologische Fakultät, das Museum für Naturkunde, das oberste Gericht, die Bauernbank und so weiter... alles lag pulverisiert unter Wolken von Staub, den wieder mal die Bevölkerung einatmen und aushusten durfte. Zur großen Freude des künftigen kommunistischen Regimes, da es auf diese Weise ein ganzes Stück einfacher wurde, die Stadt seinen ideologischen Prinzipien entsprechend mit deprimierenden Wohn- und Bürokästen vollzubetonieren.

– 1943 –

In der bulgarischen Hauptstadt hielt man nicht viel von den Amerikanern mit ihren Kaugummis und parfümierten Zigaretten. Ihre Filme waren so fad wie ihr Essen. Um sich vor der totalen Leere zu retten, hatten sie Afrikaner importieren müssen, importieren und misshandeln, denn die Blume der Kunst gedeiht auf dem Mist, wie man so sagt, und das brachte ihnen nach jahrhundertelangem Gestöhn fünftöniger Skalen auf den Baumwollplantagen zuletzt immerhin den Blues und den Jazz ein: die Rettung aus dem endlosen Nichts. Um ihre militärischen Fähigkeiten war es womöglich noch erbärmlicher bestellt als um ihre Geschmacksknospen. Viel Wind, wenig Substanz. Für die erschröckliche Ausbeute von hundertneununddreißig Zivilopfern vom dreißigsten

März 1944 hatten die Amerikaner ihr Treibstoffbudget gewaltig strapazieren müssen und mindestens dreiunddreißigtausend Bomben benötigt. Die Anzahl von Toten hätte sogar noch geringer ausfallen können, wären nicht einige Bürger zu faul gewesen, die Luftschutzräume aufzusuchen, aufgrund der Erfahrungen, die man mit den Bombardierungskünsten der sogenannten Befreier gemacht hatte. Jeder dachte noch amüsiert an die Luftangriffe des vergangenen Jahres. Der Witz von 1943, bulgarisches Allerseelen: Gerade hatten die Leute ihrer Toten gedacht, deren Gräber mit Kerzen geschmückt, alte Geschichten erzählt und über die verrückten Streiche der Lieben, als die noch gesund und lebendig gewesen waren, gelacht, wie die Tradition es verlangte. Danach waren sie, leicht benebelt vom Rakia, den sie zum Gedächtnis der teuren Verblichenen getrunken hatten, nach Hause gewankt, um wie jeden Abend ihre Fenster mit schwarzem Papier zu verkleben, damit bei einem eventuellen Angriff die Bomber nichts als Nachtschwärze unter den Tragflügeln hätten. Und tatsächlich waren die Amerikaner so feige gewesen, die Stadt in genau jener Nacht anzugreifen. Die Menschen im Schlaf überraschen, sie unter einem Stahlregen begraben und sofort wieder davonfliegen, damit sie nichts zu sehen bräuchten, was sie in ihren Alpträumen verfolgen könnte – darin waren sie groß.

Der Friedhof von Sofia ist ein Versteckspiel-Paradies für Kinder, während die Eltern sich womöglich noch herrlicher vergnügen, wenn sie um die Wette das Grab des Schriftstellers Aleko Konstantinow suchen, und mit all seinen Kerzen muss das Gräberfeld in jener mörderischen Nacht von einem Cockpit aus wie eine märchenhafte, riesige Stadt ausgesehen haben. Und so bombardierten die Alliierten den Friedhof. Tonnen und Abertonnen an Sprengstoff warfen sie in die Tiefe. Die einzigen Opfer, die dieser Angriff forderte, waren schon tot und landeten, halb oder ganz zerfressen, mit einem Mal unverhofft wieder im Licht. Dabei wurden auch die sterblichen Überreste des mazedonischen Revolutionärs Gjortsche Petrow aus seiner Grabstätte geschleudert, und diejenigen, die ihn zuerst fanden, erzählten später gern, dass sein beeindruckender Bart auch nach zweiundzwanzig Jahren Verwesung noch immer an seinem Skelett baumelte.

Seit jener Nacht sollten die Totengedenken nie mehr sein wie zuvor. Nicht nur an die schönen

Momente in den verlorenen Leben der Lieben würde man sich erinnern, auch an das militärische Gestümper der Amerikaner. An der Tradition der Flasche Rakia wollte man nicht rütteln. Manche jedoch tranken in diesen Stunden des Gedenkens, wenn sie es bekommen konnten zumindest, zusätzlich gern ein Glas Coca-Cola. Nicht weil der Geschmack so etwas Besonderes gewesen wäre, sondern weil es eine Genugtuung war, sie hinterher wieder auszupissen.

– 1999 –

Wenn dein Land von Flüchtlingen überspült wird, lass die Sektkorken knallen: Es bedeutet, dass dein Gebiet von den Bedrängten der Welt endlich als sicherer Hafen gesehen wird. Deine eigene Not ist zu Ende. Du hast sogar Überschüsse, und sie, die zu wenig bekamen, haben das gewittert. Plötzlich standen die Bulgaren auf der anderen Seite der elendstechnischen Demarkationslinie. Scharen von Kosovaren flüchteten vor einem Krieg, denn irgendwo gibt es den natürlich immer, wenn man lang genug lebt, kommt jeder mal dran, und sie suchten Schutz in Sofia. Der Balkan bebte, aber nicht hier. Zumindest für den Moment. Bis eine Tomahawk-Rakete einschlug, eigentlich dazu bestimmt, dreihundertsiebenundzwanzig Kilometer nordwestlich, in Belgrad, ein paar Familien unter den Rasen zu bringen. Dabei waren die Witterungsumstände für einen massenmörderischen Erfolg ideal. Und die Tomahawks galten als »intelligente Waffen«. Mit einer von ihnen war es jetzt jedoch offensichtlich zu einem dummen Versehen gekommen. Die Alliierten waren immer noch unfähig. Wie früher. Sie würden es nie lernen. Kollateralschaden? Nichtskönner waren es. Vielleicht hatten die alten Brummbären zur Zeit des Kommunismus doch recht gehabt, und die Mondlandung des Westens musste auf plumpen Lügen beruhen, weil seine Vertreter dazu einfach nicht imstande waren. Der verirrte, doch nichtsdestotrotz explodierte Marschflugkörper war mit Uranmunition bestückt gewesen – massenhaft Gründe, nie mehr mit dem Rauchen aufhören zu müssen –, aber die NATO erzählte den Leuten, jedwede Panik sei überflüssig. Um sich bei den brüskierten Bulgaren zu entschuldigen, sagte ein Sprecher der britischen Luftwaffe: »Es ist eben eine Bombe. Man kann so was nicht endlos testen wie eine Waschmaschine.«

Als hätten die Bulgaren massenhaft tausendfach getestete Waschmaschinen besessen.

– 1944 –

Die Kraft des Lebens ist, wie wir alle wissen, nicht unendlich, doch nichtsdestoweniger heftig. Während des Bombardements von Sofia am Donnerstag, den dreißigsten März 1944, wurde im Luftschutzkeller unter dem Prachtboulevard Zar Oswoboditel zwischen eingemachten Paprika und luftgetrockneten Schweinswürsten Liliya Dimowa geboren, jüngster Spross eines adligen Geschlechts von Denkern, Träumern und Militärs. Vorfahren der Neugeborenen hatten sich im Osmanischen Reich unendlichen Ruhm zusammengesäbelt und trugen ihre wilden Schnurrbärte wie Auszeichnungen. Darunter hervorragende Schachspieler, die den Springer hochschätzten und so galant waren, eine schwächere Figur als die Dame zu wählen, wenn ein Bauer von ihnen es auf die andere Seite des Spielfelds geschafft hatte. Auch Kunstliebhaber mit einem Faible für frühe flämische Meister sowie Malerei der italienischen Renaissance. Und so war der Keller, in dem die Dimows sich vor den Luftangriffen in Sicherheit brachten, nicht nur voller Lebensmittel, sondern auch voller Kunst. Gemälde, Skulpturen, kostbare Bände mit griechischen Tragödien sowie ein Grammophon, mit dessen Hilfe sich Liliyas frischgebackene Mutter, eine Pianistin, während der Bombardements zu den Klängen von Puccinis *Tosca* die Nervenzusammenbrüche vom Leib hielt. Bei jedem Bombeneinschlag in der Nähe rutschte die Nadel über den Schellack, einmal quer durch die Arie, und die junge Mutter beschimpfte die transatlantischen Kulturbanausen, bis ihre nicht unsinnliche Stimme versagte.

Liliyas Vater machte seinem edlen Stammbaum als General in der Armee Ehre, eine Ehre, die sich in solch einem Weltkrieg natürlich herrlich verteidigen ließ. Was selbstredend bedeutete, dass er bei der Geburt seiner Tochter nicht anwesend sein konnte. Als er im Feld erfuhr, dass er Vater geworden war, ließ er vor Freude vier mazedonische Aufständische exekutieren. Den Krieg gegen die alliierten Mächte sollte Liliyas Vater verlieren, doch gut gelaunt überleben. Und weil er in der Liebe einer ähnlichen Strategie anhing, sollte er auch seine Niederlagen im alltäglichen Krieg der Ehe wie Triumphe feiern. Die Anziehungskraft seines Schnurrbarts, ganz zu schweigen von seinem vornehmen Titel, hatte ihm manche Frau in die Arme getrieben; unwiderstehliche Versuchung für einen Militär von Fleisch und Blut, der seine gesamten Treuekapazitäten bereits an sein Vaterland verausgabt hatte. Das Kind konnte sich besser gleich dran gewöhnen, auch den Rest seines Lebens ohne Vater zu sein, denn aus der ehelichen Wohnung war dieser sexuelle Vielfraß nunmehr endgültig verbannt. Viel Freude an seinem neugewonnenen Junggesellenstatus war Liliyas Vater übrigens nicht mehr beschieden: Am neunten September jenes Jahres überschritt die Rote Armee mit festem Schuhwerk und großem Kampfgeist die Donau, und im Handumdrehen verschwanden die Edlen und Großen des alten Regimes spurlos und unbeweint in der Versenkung. In fliegender Eile erschossen.

Schon immer war Liliyas Mutter eine hervorragende Chopin-Interpretin gewesen, doch mit gebrochenem Herzen gelang ihr die Darbietung der Werke dieses gequälten Genies nahezu perfekt. Wenn sie die schmerzlichen Klänge den Tiefen der Tastatur entlockte, verschmolz ihr ganzes Wesen mit der Musik, und so muss es ihr später eine herbe Enttäuschung gewesen sein, dass sie nicht wie ihr Idol an Tuberkulose verstarb, sondern einfach so, ohne Grund, weil der Tod sich nun mal nicht aufhalten lässt, in einem Alter, dem jeglicher Anspruch auf altmodische Romantik fehlte.

Die Schönheit ihres berückenden Körpers war in der Stadt ein schlecht gehütetes Geheimnis, und Karten für ihre Konzerte wurden sogar von Männern gekauft, denen Mazurken und Polonaisen sonst überhaupt nichts bedeuteten. Sie konnte sich die Liebhaber aussuchen, vor übler Nachrede gefeit, schließlich musste sie einen Vater für die kleine Liliya finden, und sollte – halb aus Rache an ihrem ehebrecherischen General – ihren Körper zuletzt einem birnenförmigen Kommunisten ohne Schnurrbart hingeben.

Aber nun gut, das lag in der Zukunft, momentan musste sich erst noch herausstellen, ob es für sie überhaupt eine gab, an diesem dreißigsten März 1944, unter dem Donnern unzähliger amerikanischer Bomben, Zweihundertfünfundsiebzigpfünder, die so mächtig einschlugen, dass erhebliche Teile der thrakischen Geschichte der Stadt wieder an die Oberfläche gelangten. Vorläufig war sie die alleinstehende Mutter einer viel zu mageren Tochter, in einem Wochenbett aus eingelegten Tomaten, umringt von Gemälden italienischer Meister und Girlanden von Schweinswürsten.

Anhaltender Bombenbeschuss ließ schon die Milch manch junger Mutter versiegen, Kriegskühe können ein Lied davon singen. In ihren ersten Lebensstunden konnte Liliya saugen, so fest sie wollte, es kam kein Tropfen aus der Brust ihrer Mutter (ein Umstand, durch den Psychologen sich später in ihrer Theorie von der oralen Deprivation bestätigt sahen, als Liliya sich zwei Schachteln Slim-Zigaretten pro Tag durch die Luftröhre jagte). Notgedrungen wurde sie von einer anderen Mutter gesäugt, einer Madonna, deren Milchproduktion vom Krieg weniger beeinträchtigt war. So wurde sie die Milchschwester von Iwana Christoff.

Nur wenige Lebensstunden lagen die beiden auseinander, und sie teilten den typischen Eigensinn der bei einem Luftangriff Geborenen. Für beide wurde der Stammbaum zum Makel, und sie wurden zu Klassenfeinden erklärt, lang bevor ihre Hüften das Hula-Hoopen beherrschten. Ihre ersten Mahlzeiten verzehrten sie gemeinsam, und jede spätere sollte ihnen weniger gut munden, wenn sie getrennt voneinander essen mussten. Außergebärmütterliche Zwillinge von verschiedenen Eltern. Beide wurden sinnliche, umschwärmte Frauen, voll Jux und verrückten Ideen. Beide sollten neunzehn Jahre später, fast gleichzeitig, weit weg von eingekellerten Tomaten und italienischen Meistern, doch unter dem wachsamen Porträt von Sowjetführer Leonid Wodka Breschnew einem mehr oder weniger aus Versehen gezeugten Kind das Leben schenken. Iwana einer Tochter, Liliya einem Sohn.

Erst als es ans Sterben ging, endeten die Parallelen. Nur eine Ähnlichkeit gab es: Beide starben allein. Iwana im Alter von nicht einmal sechzig, weit weg, im freien, wohlhabenden Westen, buchstäblich an gebrochenem Herzen, in der Liebe verbittert, nachdem sie erkannt hatte, dass Frauen von Schwänen abstammen und Männer von Hähnen. Sie wurde auf dem beheizten Boden ihres Appartements in Marseille gefunden, nachdem die über ihr wohnenden Nachbarn sich wegen Gestanks beschwert hatten. Liliya sollte in Sofia das Zeitliche segnen, der Stadt, deren Bannkreis sie nur selten verlassen hatte, verarmt und verwitwet, doch ob ihres erfüllten Liebeslebens zufrieden, am Anfang ihres achten Jahrzehnts. Die Studenten der Medizin, die ihren frischen Leichnam sezieren durften, brachte der Anblick der Druckerschwärze auf ihrem Hintern zum Schmunzeln, weil sie die Gewohnheit besaß, ihn sich mit den Werken von Nobelpreisträger Michail Scholochow abzuwischen. Die einen sahen darin eine Bestätigung von Kaiser Konstantins Ausspruch, die Bulgaren seien ein ganz und gar barbarisches Volk, die anderen eher den Beleg, dass die Renten zu kümmerlich waren und die alten Leutchen sparen mussten, wo immer es ging, jetzt also schon beim Toilettenpapier.

– 1980 –

Im vorvorletzten Sommer seines hochbedeutenden Lebens stand der Generalsekretär des ZK der KPDSU, Leonid Wodka Breschnew, auf der Ehrentribüne des Lenin-Stadions im Olympiapark Luschniki, Kameras aus der ganzen Welt auf seine dicht bebuschten Augenbrauen gerichtet, bereit, die Eröffnungsrede der XXII. Olympischen Spiele von seinem Spickzettel abzulesen. Er befand sich auf dem Höhepunkt seines Könnens: Vor kurzem war bei ihm nämlich Demenz festgestellt worden, was ihn dazu inspirierte, seine Memoiren zu schreiben, für die er wenig später sogar den Leninpreis für Literatur zugesprochen bekam. Ein Genie, Vorkämpfer der Utopie, voll Zuversicht den sportlichen Leistungen seiner Untertanen entgegenblickend, schließlich war das Corps der Athleten aus sozialistischen Ländern von vorzüglicher Qualität. Die Kunstturnerin Nadia Comăneci war seit den Spielen von Montreal ein gutes Stück gewachsen, doch auch die Brüste, die sie inzwischen leider bekommen hatte, würde sie auf dem Schwebebalken gewiss zu ihrem Vorteil auszuspielen wissen. Der Stabhochspringer Władysław Kozakiewicz hatte vier Jahre lang heimlich an der Berliner Mauer trainieren dürfen und besaß Eingeweihten zufolge gute Chancen, den Weltrekord zu brechen. Marathonspezialist Waldemar Cierpinski lebte wie ein Asket von einer geheimen Diät von Medikamenten für Rennpferde. Die Überlegenheit der sozialistischen Physis war schon vor dem ersten Wettkampf eindeutig, und über sechzig von vornherein chancenlose Nationen hatten sich hasenfüßig der öffentlichen Demütigung entzogen und ihre Sportskanonen gleich zu Hause behalten.

Trotz leichten Zitterns brachte ein entspannter Sowjetführer seinen Mund ans Mikrophon und begann seine Rede mit einem herrlichen »O«, wundervoll artikuliert, eines Trägers des Leninpreises für Literatur würdig. Applaus stieg auf von den Rängen des Stadions, voll besetzt mit Proletariern, die nach ihrem täglichen Beitrag zur sozialistischen Ökonomie die Werke von Konstantin Simonow, Marx und natürlich Michail Scholochow lasen. Gesunde Geister in gesunden Körpern. Kenner. Auch der zweite Laut der Rede war ein »O«, wenn irgend möglich noch runder artikuliert als das vorherige. Die Wiederholung als Stilmittel, die Repetitio, wenn nötig gar die Enumeratio – das Publikum wusste es perfekt zu würdigen. Breschnew, der gefeierte Sprachvirtuose, wusste genau, was er tat. Trotzdem wurde es dem Vorsitzenden des Organisationskomitees langsam zu viel; kameradschaftlich und so diskret wie möglich fasste er den Sowjetführer am Ärmel und flüsterte: »Genosse Breschnew, die Kringel da sind das Logo der Olympischen Spiele, die brauchen Sie nicht mit vorzulesen!«

Schon sechsunddreißig Jahre alt war Liliya, als der Wimpel mit den olympischen Ringen endlich über dem Paradies der Arbeiter und Bauern wehte. Immer noch wohnte sie in der Stadt, wo sie auch geboren war, ihr Land galt als treuer Vasall der Sowjetunion, der treueste von allen womöglich. Ihre hochwohlgeborene Herkunft war für wertlos erklärt worden, doch heimlich pflegte sie sie. Die wirklich ererbten Reichtümer allerdings steckten in ihrem Kopf: die Liebe zu den Künsten, und die konnte niemand ihr nehmen. Am liebsten wäre sie natürlich selbst Künstlerin geworden, doch das Niveau ihrer Selbstkritik hielt sie von einer solchen Karriere zurück. Sie hatte sich mit einer dienenden Rolle beschieden, unter anderem als Ehefrau eines dissidenten Autors sowie als leidenschaftliches Malermodell, in welcher Eigenschaft sie in den gut versteckten Ateliers von Sofia vor allem unter großer Kälte und steifen Brustwarzen litt.

Der einfache Fernseher, den sie und ihr Mann sich lediglich leisten konnten, verweigerte regelmäßig den Dienst, und weil die Wartezeit auf Ersatzteile fünf Jahre betrug, war die Bildröhre vor kurzem einigermaßen erfolgreich mit den Scheinwerfern eines Trabants, des berühmten Modells 601, repariert worden. (Der Nachteil für reparaturwillige Fernsehmechaniker, wie geschickt und kreativ sie auch immer sein mochten, bestand darin, dass man auf einen Trabant bis zu sieben Jahre lang warten musste.) Als Breschnew jedoch seine gut gefüllten Wangen im Schein des olympischen Feuers glänzen ließ, stellte der Fernseher seine treue Anhängerschaft zur Partei unter Beweis. Liliyas Leben in dem Moment: der vorläufig letzte Akt einer tragischen Oper. Vierzehn Jahre zuvor war ihre Milchschwester ins demokratische Ausland entkommen, ihr Ehemann war nur noch ein schwankender Schatten des attraktiven, vielversprechenden Autors, als den sie ihn kennengelernt hatte, in seinen Ambitionen behindert, seine Träume zerstört von der heilbringenden Ideologie des Regimes, entmutigt. Hemmungslos selbstzerstörerisch hing er an der Flasche. Die Wartezeit auf eine neue Leber war kürzer als die auf einen Trabant, doch eine Transplantation wurde ihm verweigert, als sich herausstellte, dass der Spender mit Sympathien für den kapitalistischen Westen infiziert war.

Liliya sah den Sowjetführer in voller Breite auf dem Bildschirm, hörte sein Salbadern und Geschwafel und brach in eine Tirade aus, die auf der Straße niemand zu äußern gewagt hätte. Der Sozialismus ginge dem Ende entgegen, das gesamte idiotische System stürze zusammen, ein Blick auf den Sowjetführer genüge zu dieser Erkenntnis. Ihr kleinmütiger Anton müsse sich aufrappeln, das politische Kasperltheater stehe vor dem Bankrott, schon dämmere die Freiheit am Horizont. Er müsse sich zusammenreißen und durchhalten. Denn bald breche eine bessere Zeit an. Vielleicht schon morgen.

– 1963 –

Liliya hatte also an einem Ort das Licht der Welt erblickt, wo in den folgenden Jahrzehnten auch die wichtigen Bücher geboren werden sollten: im Untergrund! Das hätte nicht unbedingt Auswirkungen auf ihren Charakter haben müssen, tat es aber doch. Sie hatte sich zu einer stets kokett gekleideten jungen Dame entwickelt, einer Kettenraucherin, wie bereits erwähnt, und wandelnden Anthologie unvorstellbar versauter Witze, die sie bis ins hohe Alter gern erzählte, mit ihrer tadellos aristokratischen Diktion, die ihre Vornehmheit betonte und zugleich unterstrich, dass ihre Liebe zu obszönem Humor nichts mit banalen Bauarbeiter-Zoten zu tun hatte. Hunderteinundsiebzig verschiedene Wörter für »Vagina« wusste sie aufzuzählen, mehr als Lexikographen aus den ungewaschenen Mäulern von Ziegenhirten hätten aufzeichnen können, und ihre meisterhafte Beherrschung des bulgarischen Wortschatzes erlaubte ihr, den Penis sogar noch variantenreicher zu umschreiben. Um ihren Vorrat deftiger Witze zu erweitern, vertiefte sie mit Torte und Gebäck ihre Freundschaften zu jüdischen Frauen, die auf dem Gebiet sublimer Versautheit viel weiter waren als zum Beispiel die Roma oder Pomaken. Ein noch auffälligeres Merkmal ihrer Persönlichkeit war jedoch, ausgelöst vielleicht von den Kellergerüchen, die sie in den ersten Lebenstagen hatte schnuppern dürfen, ihre große Liebe zur Literatur. Eine unersättliche Verschlingerin von Männern und Büchern wurde sie, und gewisse Vertreter nicht anerkannter Berufe würden in diesen zwei Leidenschaften bestimmt einen Zusammenhang sehen. Um das Niveau ihrer Leseerfahrungen qualitativ hoch zu halten, richtete sich ihr Interesse vor allem auf Autoren, die in der Presse heruntergemacht wurden, und so brauchte es nicht zu verwundern, dass sie schon als Teenager ihr erstes Verhör durch übereifrige Geheimpolizisten erlebte, verdächtigt der antikommunistischen Agitation. Man hatte sie beim Blättern in der Novelle eines jungen Autors erwischt, der auf der Rückseite seiner Bücher aber auch so hinreißend aussah, dass selbst die Androhung der Strafkolonie junge Mädchen nicht von seinen staatsgefährdenden Einflüssen abbringen konnte.

Vielleicht hatte auch ihre aristokratische Herkunft mit der Auswahl ihrer Lektüre zu tun, das Bedürfnis, sich vom pöbelhaften Gezücht der gefügigen Masse abzuheben, die jeden Unsinn brav schluckte; ihre Liebe zur französischen Literatur, die während ihrer Jugend mit Surrealismus, Existentialismus und Nouveau Théatre goldene Stunden erlebte, war jedoch der eigentliche Grund. Wirklich verbotene Früchte mochten spannender sein, denn die französische Literatur, in jenen Jahren von linken Heiligen bestimmt, wurde in Liliyas Land ja prinzipiell toleriert, ihre Werke waren in vielen Buchläden und an den Ständen am Slawejkow-Platz einfach und straflos erhältlich. Zusammen mit den Romanen des großen Michail Scholochow natürlich: Meister-Schriftsteller, Leuchtturm in der literarischen Finsternis, Kronjuwel des sozialistischen Realismus, obligatorische Kost in den Trögen der Bücherfresser.

Schwärmerische Verehrung war Liliya in ihrer Jugend nicht fremd. Ihre ersten Zigaretten rauchte sie, wie sie es auf den Fotos der modernen russischen Schriftsteller gesehen hatte: derb, stolz und ungehobelt – was ihr in Sofia die Aufmerksamkeit einiger staatlich beobachteter Lesben einbrachte. Unter dem Einfluss der französischen Prosa paffte sie im schwierigeren Teil ihrer Pubertät mit der Eleganz einer Limousin-Kuh, wie Georges Sand ihre Pfeife, wodurch besagte Lesben erst recht ihre Chance witterten. Erst als sie sich unter dem Einfluss der Nouvelle Vague das sinnliche Rauchen der typischen Pariserin beigebracht hatte, geriet sie auf den amourösen Radarschirm von Männern, solange es nicht Sonntag war zumindest und Lewski Sofia kein Heimspiel hatte.

Für Liliya stand fest: Französische Sprache und Literatur musste sie studieren, koste es, was es wolle. Eine Fächerwahl übrigens ganz im Geist ihrer aristokratischen Wurzeln, die ihrer Mutter daher ungeheuer gefiel. Seitdem vernachlässigte sie die Mathematik, wurde darin sogar dermaßen schlecht, dass sie am Stalin-Gymnasium einen neuen Negativrekord aufstellte. (Die Schule sollte ihren Namen ändern, als sich herausstellte, dass Stalin die bulgarischen Weine nie richtig gemocht hatte, vor allem die weißen, und sich seither Todor-Minkow-Institut nennen. Die doppelte

Buchführung dieser Bildungseinrichtung macht es heute schwer herauszubekommen, ob Liliyas Rekord immer noch steht, doch eigentlich scheint es ausgeschlossen, dass dort jemand in Mathematik jemals schlechtere Leistungen erzielte.) Dabei war sie nicht dumm, schon gar nicht so dumm, wie sie sich stellte. Der herrliche Virus der Liebe zur Literatur hatte sie einfach ergriffen, und dies wollte sie mit ihrer demonstrativen Abneigung gegen exakte Wissenschaft illustrieren. Nicht die geringste Pose jedoch lag in ihrem Hunger nach Büchern. Lesen wurde zum regelrecht physischen Bedürfnis, einer außerzeiträumlichen Macht, so gewaltig, dass sie ihre Gesundheit zu unterminieren drohte. Ließ sie sich beispielsweise von einem Roman hinreißen, konnte es geschehen, dass ihre Periode ausblieb. Je nach Art des Buches verlor sie etliche Pfunde oder nahm zu. Von Dostojewski zum Beispiel musste sie sich, kaum sechzehn, mit einer sechswöchigen Diät von Hagebutte und Blutwurst erholen, um ihren Menstruationszyklus wieder in Gang zu bringen. Mit neunzehn, als sie den jungen und damals noch vielversprechenden Schriftsteller Anton Tscherkesow kennengelernt hatte, wurde sie, ganz besessen von Büchern und Theater, dermaßen dick, sagen wir ruhig schnackelfett, dass selbst die Ernährungswissenschaft keine Erklärung mehr bot. Keine Diät, kein Abführmittel wollten helfen. Mit Verdacht auf Ess-Brech-Sucht ging sie zum Hausarzt – vielleicht nicht dem modernsten Arzt von Sofia, seine Diagnosen waren trotzdem meist äußerst präzise. Manche Patienten kamen sogar extra mit Wagen und Pferd aus entlegenen Bergdörfern angefahren, nur um einen Moment in sein geschultes Ohr husten oder sich die Bronchien frei röcheln zu dürfen. Stets verlangte er jedoch nur einen gut gefüllten Pott Pisse. Denn nicht das Blut, nicht der Herzschlag, nicht das Pfeifen der Lunge – der Urin allein wusste, was dem Leib fehlte. Und diese altbackene Untersuchungsmethode genügte in Liliyas Fall völlig, um zu einer schnellen und treffsicheren Diagnose zu kommen: Liliya war schwanger. Zwei Tage nachdem sie diesen Befund erhalten und sich noch kaum von der Überraschung erholt hatte, brachte sie einen gesunden Jungen mit üppigem Haarschopf zur Welt, der Antoine – nach Antoine de Saint-Exupéry – geheißen hätte, wäre der Name nicht schon an den Hund vergeben gewesen.

– 2013 –

Jener Junge mit üppigem Haarschopf, den Liliya einst komplett überrascht zur Welt gebracht hatte, war inzwischen aus dem Haus, endlich, und dass die Zeiten jetzt andere waren, zeigte sich unter anderem darin, dass er sein Geld als Besitzer eines Yogastudios in der Innenstadt verdiente, sehr gut verdiente sogar. Wurden die Leute früher verpflichtet, die politischen Führer endlos im Munde zu führen, sprach er nun aus völlig eigenem Willen über Buddha, von dem er dickbäuchige Andachtsstatuen sammelte. Hare Krishnas Gartenzwerge. Sein Kommunistisches Manifest war die Bhagavad Gita; er redete von körperlicher Reinheit, Meditation und Karma mit dem gleichen Fanatismus wie früher die Journalisten über die Urbarmachung und Ertragssteigerung von Böden. Seine Frau hatte das herrische Wesen eines Politbüros und machte jeden zur Schnecke, der sich erdreistete, vom rechten Pfad des Veganertums abzuweichen. Wagte Liliya es, in der Nähe der Enkelin eine Zigarette zu rauchen, schaute dieser weibliche Guru die vulgär paffende Schwiegermutter wutentbrannt an, zweifellos bedauernd, dass die Gulags abgeschafft waren, in die man die Nikotinsüchtige hätte deportieren können. Sie selbst verbreitete dafür entrückt einen Geruch nach Weihrauchstäbchen, drängte jedem ihre ayurvedischen Tees auf, kümmerte sich um die Buchführung des Yogastudios und stand dort mit derart martialischem Gesichtsausdruck am Tresen, dass kein Kunde es gewagt hätte, die Rechnung für seinen Zen-Workshop auch nur drei Stunden zu spät zu bezahlen.

Liliya hatte einen Weichling als Sohn, einen Mann, der sich aus Sehnsucht nach der guten alten Zeit eine diktatorische Ehefrau gesucht hatte. Der permissiven Gesellschaft, wie man die Meinungsfreiheit jetzt nannte, rückte er mit Atemübungen und Fleischersatzprodukten zu Leibe. Bücher las er nicht, außer sie hatten mit Yoga zu tun. Die Ursache hierfür sah Liliya in seinem Vater, der für seinen Glauben an das

Wort ein Hundeleben geführt und sich zu Tode getrunken hatte, bevor er die Demokratie erleben konnte. Nun, das musste ihr Sohn selbst wissen. Jedem sein eigenes Yin und Yang. Fröhlich sein, die Fröhlichkeit allen Lebensumständen abtrotzen, wie schwer es auch fiel, das war ihre Art des Protests gegen ein Regime, das sich von der Niedergeschlagenheit seiner Untertanen nährte. Zu tief war diese Überlebensstrategie ihr in Fleisch und Blut übergegangen, als dass sie sich im hohen Alter noch von ihr getrennt hätte. Immer noch rauchte sie wie ein Schlot und machte sich eine Freude daraus, ihren Boxerhund Antoine de Saint-Exupéry IV. sonntags auf den Friedhof zu führen, wo inzwischen massenhaft Ärzte unter der Erde ruhten, die sie einst vor den Gefahren des Zigarettenkonsums gewarnt hatten. Nichtraucher sterben gesünder. Auch ihrer Liebe zur Literatur war sie treu geblieben. Jede Saison sichtete und beurteilte sie die neue Ernte, fand das meiste davon gequirlten Unsinn in Dosen, aber längst nicht so schlecht, dass es mit dem Œuvre Michail Scholochows hätte konkurrieren können, dem miesesten, verachtungswürdigsten Schriftsteller unter der Sonne, dessen Werken man die totale Vernichtung und völliges Vergessen wünschen musste. Es wäre zu schwach ausgedrückt, wollte man sagen, der literarische Tod Michail Scholochows sei ihr letzter leidenschaftlicher Wunsch im Leben gewesen, ein Tod, den sie ihm natürlich mit Freuden selbst beigebracht hätte. Ihr Hass auf dieses umfangreiche und mit Preisen überhäufte Werk ging wesentlich tiefer: Das Andenken Scholochows vollständig auszulöschen war eine Forderung der Geschichte! Liliya reichte ihr dabei lediglich – wenn auch nur allzu gern – die helfende Hand.

Das Alter von neunundsechzig Jahren (siebzig, sagte sie selbst) hatte beschlossen, sich in ihren Knien zu manifestieren. Gehen wurde ein schwieriges, anstrengendes Unterfangen. Vor allem in Sofia, wo die Straßen in manchen Vierteln noch aussahen, als wären sie seit den Luftangriffen der Amerikaner nicht mehr geräumt worden, mit kreuz und quer liegenden Steinen überall auf dem Trottoir, bröckelndem Beton von Balkonen, die heruntergekracht und einfach liegen geblieben waren, Löchern und Huckeln im Straßenbelag, die die Reifenindustrie gegen die gerade auf dem freien Markt wütende Finanzkrise komplett immun machten. Stil jedoch geht über alles. Vor allem für eine Frau, deren Wurzeln in der Aristokratie lagen. Um nicht hinken zu müssen und ihre störrischen Kniegelenke trotzdem zu schonen, hatte Liliya sich einen Lipizzaner-Gang beigebracht, insbesondere jenen Schritt, der bei Kennern der hohen Reitschule als »die Passage« bekannt ist: ein Trab, bei dem energievolles Abfußen mit leicht verzögertem Auffußen kombiniert wird. Reiter wissen, was damit gemeint ist. Die Passage zeichnet sich durch eine ausgesprochen elegante Schwebephase aus, wodurch es scheint, als bewege sich das Pferd, in diesem Fall also Liliya, in Zeitlupe. Auf Jünglinge mit zwei gesunden Beinen in Jeanshosen mochte das ziemlich lächerlich wirken, war es aber keineswegs bei einer Dame aus einem größtenteils ausgerotteten Geschlecht von Denkern, Träumern und Militärs, aus dem einige Vertreter in der Kavallerie des Zaren gedient hatten. Außerdem war es praktisch in einer Stadt, in der man Rollstühle eigentlich mit Raupenketten ausstatten musste.

Und so zog Liliya im Sommer 2013 wie ein altes Paradepferd jeden Abend zusammen mit zigtausend anderen vom prächtigen Todor-Alexandrow-Boulevard zum Parlament, um in aller Fried- und

Fröhlichkeit das Abtreten der nach den Wahlen gebildeten Regierung unter Führung der Exkommunisten zu fordern. Deren Führer tanzten nach der Pfeife der Mafia, Vetternwirtschaft, Korruption und Unfähigkeit triumphierten, und die Tendenz, der freien Presse den Mund zu verbieten, feierte Urständ. Seit Februar fanden jeden Abend Protestmärsche statt, und weil dabei kein Tropfen Blut floss – oder weil man Bulgarien, dessen wichtigster Rohstoff die etwas zu stark gekrümmte Gurke war, einfach zu uninteressant fand –, schenkten die internationalen Medien dem keine Beachtung. Bedauerlich. Sonst hätte die Welt sehen können, wie jeden Abend in Sofia ein Boxerhund und ein Zentaur in diesem friedlichen Protestmarsch mitliefen. Letzterer geschrumpft zu einem Pony, doch nichtsdestotrotz elegant: der Unterleib eines Lipizzaners und der Oberkörper einer kettenrauchenden Dame, aus deren musikalischem Wiehern man herrliche Schimpfkanonaden heraushören konnte.

– 2013 –

Aus ihrem erfüllten und vielfältigen Sexualleben hatte Liliya nie einen Hehl gemacht, zur großen Befriedigung jener, die fest überzeugt sind, der Wert unseres Lebens bemesse sich an den von uns hinterlassenen Geschichten. Ihre emotionale Hingabe hatte sie einem Einzigen geschenkt, ihren Körper dagegen vielen. Gern stellte sie sich ihre Beerdigung vor, malte sich aus, wie der Sarg in die Erde hinuntergelassen wurde, umgeben von Männern, mit denen sie einmal die herrlichen Freuden der fleischlichen Liebe geteilt hatte, und wie die hinterher heiter Erinnerungen an die Schlafzimmer austauschten, in denen sie die Zarina gewesen war. Leider bedeutet älter werden immer zugleich auch einsamer werden, weil man die Liebhaber überlebt, und das Bild, das Liliya beim Gedanken an ihre Beerdigung vor Augen trat, wurde von Jahr zu Jahr trister. Fast niemand war übrig, der um sie trauern würde. Doch Geheimnisse bezüglich ihrer amourösen Kapriolen hatte Liliya nicht, o nein. Das einzige Geheimnis, das sie erst auf dem Sterbebett enthüllen wollte, war das Rezept für ihre legendären Liebesknochen. Übrigens ist es kaum vorstellbar, dass die Geschichte dieser Spezialität sich nicht mehrfach mit der wild bewegten Chronik ihres Liebeslebens kreuzte, angesichts der Tatsache, dass der Garten der Lüste vor Speisen strotzt, sowie der Erkenntnis, dass Vanillepudding – und erst recht der von Liliya – ganz oben auf der Liste der Aphrodisiaka steht.

Was für ein Unterschied zu ihrer Milchschwester Iwana, mit der zusammen sie einst den Männern den Kopf verdreht hatte, die aber ab Mitte der sechziger Jahre nur noch westliche Herren bezirzte, in der Hoffnung, einen von ihnen heiraten und so das Land verlassen zu können. Letzteres war Iwana gelungen, obwohl sie zu dem Zeitpunkt schon ein Kind hatte. Am ersten Mai 1966, während die Militärparade durch die Straßen dröhnte und das sozialistische Ideal hochleben ließ, hatte sie Sofia für immer verlassen. Sie ließ sich in Frankreich nieder, wo die Jugend zu ihrem Entsetzen mit Che Guevara und Mao Tse-tung kokettierte, und geriet derart in den Bann der Ideologie des Privateigentums, dass sie glaubte, auch der Liebe dieses Prinzip auferlegen zu können. Doch ein Mann nach dem andern betrog sie, sie fühlte sich weggeworfen und starb, wenn auch ein kleines Schwarzes von Coco Chanel ihre Leichensäfte aufnahm, verbittert.

Mit Iwanas Tochter hatte Liliya ab und zu noch Kontakt. Die Kleine, nun ja, eine echte Dame inzwischen, selbst schon mit ersten Alterswehwehchen, hatte es zur Chirurgin gebracht, etwas, das ihr in Bulgarien niemals gelungen wäre. Ihr Herz war genauso zerschunden wie das ihrer Mutter, die einzige Leidenschaft, die ihr etwas gebracht hatte, war die zur Literatur, und so blühte Liliya jedes Mal auf, wenn sie endlich mal wieder ausführlich mit ihr über Bücher sprechen konnte. Bei ihrem Sohn, diesem esoterischen Nichtstuer, brauchte sie damit gar nicht erst anzufangen. Kurzum: Für sie war es ein Fest, wenn die Tochter ihrer alten Freundin wieder einmal vorbeischaute, und der Besuch wurde mit einer Reihe von Klassikern der bulgarischen Küche gefeiert.

Sowie einer Schale Liebesknochen natürlich. Vielen Liebesknochen. Mindestens vierzig. Denn das Pech mit den Männern hatte das arme Kind massenhaft Kilos gekostet, und die musste sie selbstredend so schnell wie möglich wieder auf die Rippen bekommen.

Über den Geschmack von Liliyas Liebesknochen konnte man absolut nicht streiten: Sie waren die köstlichsten, die je backkundige Hände verlassen hatten. Nun gibt es zwar Tiere, in der Regel Insekten, die jeden Tag ein Vielfaches ihres Körpergewichts verdrücken, doch die Nichte, Milchnichte, müsste man eigentlich sagen, konnte damit nicht aufwarten. Auch die Qualität von Liliyas göttlicher Baniza mit Ziegenkäse, der gefüllten Paprika in einem Meer Joghurt, ihrer gebratenen Hühnerherzen und der in Olivenöl gebrutzelten Schweinedärme war über jeden Zweifel erhaben, alles wirklich mehr als vortrefflich. Es war die schiere Quantität, vor der die von der Liebe enttäuschte Chirurgin die Waffen strecken musste.

Im Grunde waren Liliya die Liebesverwicklungen der Nichte ziemlich egal, das heulsusige Jammern über verlorene Lieben war nie so ihr Ding gewesen. Nein, ihr kulinarischer Furor diente einem höheren Ziel: Sie wollte das Kind so oft wie möglich zur Toilette rennen sehen. Das Örtchen war nämlich die Zelle des Widerstands par excellence, schon historisch bedingt, weil die Geheimpolizei dieses kleine Refugium nur in den allernotwendigsten Fällen mit Abhörgeräten ausgestattet hatte. (Abgesehen davon, dass es interessantere Dinge abzuhören gab, als jemands mühsamen Kampf mit dem täglichen Kot, war die Tonqualität solcher Aufnahmen aus Toiletten oft schlechterdings unerträglich.) Und wenn sich das politische Klima mehr oder weniger geändert hatte, das Scheißen als widerständiger Akt blieb aktuell. Zumindest was Liliya anging. Toilettenpapier kaufte sie nicht. Zu teuer, natürlich, vor allem angesichts ihrer mickrigen Rente. Doch das war nicht der eigentliche Grund. Der Allerwerteste musste mit den Werken von Michail Scholochow abgewischt werden, die neben der Schüssel gleich stapelweise auf ihren Einsatz warteten.

Liliyas Urteil über Scholochow als Schriftsteller war eindeutig: Er war ein Schaumschläger, mit seinem sozialistisch-realistischen »Stil«, seinen kitschigen Lyrismen, seinen schwachen, klischeehaften Handlungsstrukturen, der süßlichen Sentimentalität und geheuchelten Leidenschaft für das harte, unverfälschte Bauernleben, den ewigen Strohwitwen und dreckigen Ukrainern. Die Gräber in den Büchern dieser literarischen Null waren ausnahmslos zwei Arschin tief, das nächste Dorf ungefähr sechzig Werst entfernt, Geliebte trennten keine hundert Saschen, und jeder Garten bei ihm maß anderthalb Dessjatinen – alles erstunken und erlogen, und seine volkstümelnden Längen- und Flächenmaße konnten daran nichts ändern. Er war ein Widerling, ein Idiot und ein Stümper, und sein Œuvre verdiente, zusammen mit dicken Scheißklumpen im stinkenden Orkus der Kanalisation zu verschwinden. Trotz der Ehrfurcht vor dem Wort, das ihr sehr wohl etwas bedeutete!

Ging ihr Vorrat an »Toilettenpapier« einmal zur Neige, hinkte Liliya im bekannten Lipizzaner-Schritt zum Slawejkow-Platz, dem bibliophilen Herzen der Stadt, und kaufte alles auf, was in den dortigen Ramschkisten von dem literarischen Klopapierproduzenten zu finden war.

Nimmermüd blickte Liliya jedem Besucher, der bei ihr ein großes Geschäft gemacht hatte, tief in die Augen und fragte, ob er sich auch ausreichend abgewischt habe, auf ein paar Blatt Papier mehr oder weniger komme es wahrhaftig nicht an. Um sich gleich darauf die Kochschürze umzubinden, bereit, eine neue Ladung Liebesknochen in den Ofen zu schieben, dieses Mal mit ein paar Löffeln schön abführenden Olivenöls extra.

– 1953 –

Ab und zu wird behauptet, eine glückliche Jugend hinterlasse in der Erinnerung nur wenige Spuren. Tatsächlich musste Liliya tief wühlen, um im Gedächtnis noch etwas aus ihrer Kindheit zu finden, und das hatte nichts mit Hirnverkalkung zu tun. Natürlich erinnerte sie sich, wie sie ständig mit ihrer außergebärmutterlichen Zwillingsschwester herumzog und sie auf dem Schulweg harmlose Görenstreiche aushecken. In der Schule brachte sie übrigens wenig zustande, genau wie Iwana, und zu zweit trugen sie, gestärkt durch ihre wundervolle Solidarität, mit einem gewissen Stolz den Ruf dummer Puten. Ihr Horizont versprach nicht allzu gewaltig zu werden, weiter als bis zur Heldin der Arbeit in einer volkseigenen Fabrik für Holzpantinen brauchten sie es nicht zu bringen. Den Maria-Luisa-Boulevard (der später seinen Namen änderte, wie so viele andere Straßen; es waren goldene Zeiten für Drucker von Visitenkarten) konnten sie noch überqueren, ohne zu befürchten, ihr Leben auf einem Kühlergrill lassen zu müssen, zu einer Zeit, als Automobile noch schön waren. Ihre gesamte Kindheit herrschte wimmelnde Tätigkeit in der Stadt, mächtige Kräne wuchsen zum Himmel, zusammen mit dem Hauptquartier der Partei und dem Hotel »Balkan«, das Zentrum war eine einzige Baustelle. Sie erinnerte sich an den untergegangenen Königlichen Zoo, einen traurigen Elefanten, der besser ernährt wurde als seine Pfleger. Das Klingeln der Straßenbahn an der Löwenbrücke erschien ihr damals noch festlich. Die familiäre Betriebsamkeit in der Zentralen Badeanstalt kam ihr in den Sinn, wo die Kinder einmal pro Woche gewaschen wurden, hysterisch kreischend, als sei das Wasser der kapitalistische Feind. Vor dem Bad saßen die Schuhputzer mit ihren Dosen voll Creme, und so fröhlich entspannt saßen sie da, dass es aussah wie der schönste Beruf auf der Welt. So war denn auch Liliyas erster Zukunftstraum, Schuhputzer zu werden, auch wenn Ordnung und Sauberkeit im täglichen Leben sonst nicht ihre Stärke waren und die eigenen Schuhe stets unter ihrem Ehrgeiz zu leiden hatten, in so viele Regenpfützen wie möglich zu springen und dabei so weit wie möglich zu spritzen. Erinnerungen, bewahrt, wenn auch nicht geliebt, an einen Fakir, dessen Kommen in der ganzen Stadt von furchteinflößenden Plakaten angekündigt worden war, an die Erregung, mit der sie und Iwana zu seiner Vorstellung gingen, die Enttäuschung, mit der sie hinterher wieder nach Hause zogen. Enttäuschung auch über ihren Großvater, weil der sich nicht als unsterblich erwies und sein Sarg völlig geschmacklos mit dem Auto zum Friedhof gebracht wurde, statt mit der wunderschönen Pferdetram. Natürlich reservierte ihr Gedächtnis ebenfalls einen Platz für die wackeren Freiwilligen der Verteidigungstruppen, meist Frauen mit stämmigen Ziegenbäuerinnenbeinen, die als Flugstewardess abgeblitzt waren und nun jedes Jahr in Schulen und Büros den Gebrauch von Gasmasken demonstrierten, die Bevölkerung so auf einen Atomangriff vorbereitend. Das Minarett der Banja-Baschi-Moschee hatte die ranke Anmut einer russischen Rakete, und Liliya war fest davon überzeugt, dass diese Geheimwaffe, wenn nötig, dem vermaledeiten amerikanischen Feind den endgültigen Garaus machen konnte.

Die schönste Erinnerung an ihre Kindheit jedoch war der erste Zug an einer Bulgartabac-Zigarette, im Alter von neun.

Die hartnäckigste Erinnerung an ihre Jugend in den Fünfzigern war allerdings das Gefühl, nicht dazuzugehören. Irgendwie wurden ihr ein Stück Geschichte, ein Stück Identität weggenommen. Sie war, bekam sie ständig zu hören, eine »Bourgeoise«. Man rieb es ihr unter die Nase, verurteilte sie deswegen, und sie konnte einfach nicht begreifen, warum. Ihre Herkunft war anrüchig, sie selbst genetisch degeneriert. Mit ihrem proletarischen Stiefvater verstand sie sich nicht, unaufhörlich machte der ihr zum Vorwurf, sie habe den falschen Stammbaum, und seine Versuche, sie ideologisch zu korrigieren, fand sie nur lächerlich. Sonntagsausflüge führten die Familie ins Museum der Revolutionären Bewegung. Er verpflichtete sie, bei allerlei Kundgebungen mitzumarschieren, gegen den Koreakrieg etwa, bei der Parade zum zehnten Jahrestag des Sieges der Volksmacht, und natürlich bei jedem Umzug, der die sozialistische Arbeit verherrlichte. Als Stalin, der Vater der Völker, verstarb, bekam er sein physisches Begräbnis in Moskau und ein symbolisches in Sofia. Es wäre eigentlich praktisch gewesen, den Großen Sowjetführer in Stücke zu hacken und seine Gliedmaßen verteilt über verschiedene Städte im gesamten kommunistischen Paradies beweinen zu lassen, doch dagegen hatten wahrscheinlich die Konservierungsexperten Einwände erhoben. Man musste dem Volk eine Möglichkeit geben, seine Trauer zum Ausdruck zu bringen, was ohne Leiche schwierig war. Und so versammelten sich seine größten Verehrer am Tag der Beisetzung im Zentrum Sofias, die tränennassen Gesichter zu einer Bronzebüste von Väterchen Stalin erhoben, vereint im untröstlichen Schmerz. Liliyas Stiefvater hatte gesagt: »Mit diesem Mann stirbt der letzte Rest warmer Gefühle, die mich noch mit der Menschheit verbinden«, und verpasste ihr demonstrationshalber noch am Nachmittag eine gewaltige Ohrfeige, weil sie sich trotz dieses großen Verlusts keine Träne hatte abringen können und nur wenige Stunden nach der Zeremonie wieder unbeschwert mit ihren Puppen spielte.

– 1962 –

In der Welt der real existierenden Utopie hatte Schminke nur für die Toten und jeweiligen Staatsführer einen Sinn. Die sterblichen Überreste von Parteichef Georgi Dimitroff hatten in einem Bad aus Formaldehyd, Phenol und Glyzerin marinieren müssen und lagen, pharaonisch intakt, in einem Mausoleum mit eingebautem Atombunker im Zentrum Sofias. Als würde er ruhig schlafen, den einen zufolge. Wie eine verschrumpelte Pflaume, meinten Schulkinder, die schon mal eine Pflaume von nahem gesehen hatten und auf ihrem Weg zu sozialistischer Reife dem Balsamierten einen Besuch abstatten mussten, um dem vaterländischen Helden ihre Reverenz zu erweisen.

Im Falle Stalins genügte die Kosmetik mittlerweile nur noch sich selbst, eine Kosmetik, die früher die von den Pocken in seinem Gesicht hinterlassenen Narben mit Salben und anderem Zeug aufgefüllt hatte, um so auch bei ihm die Verehrung durch seine Untertanen auf Dauer zu sichern.

Für den normalen, das heißt echten Proleten war der Gebrauch von weißer Schminke und Make-up etwas Anstößiges, verbunden mit der überwundenen Bourgeoisie und Hurerei. Doch Frauen, vor allem junge, kannten Kräfte, größer als die politischen. Sie standen der Natur näher, urweltliche Atavismen und Paganismen trieben sie zur veludernden Puderdose: die altbewährte Tarnfarbenmethode auf der Jagd nach einem Mann. Und hätte man ihnen alle Schönheitsprodukte genommen, mit ungebrochenem Instinkt hätten sie Alternativen ersonnen. Denn ohne die weibliche Verführungskunst wäre die Menschheit schleunigst hinüber. Und so wusch sich Liliya die oberen und unteren Backen mit Essig, damit sie seidenweich wurden, und betupfte sie dann mit Zitrone. Im Sommer machte sie sich eine Gesichtsmaske aus Eiweiß und im Winter aus Joghurt, ihre Haare tönte sie mit dunklem Tee. Hatte sie sich dann noch mit Pomorin die Nikotinrückstände von den Zähnen geputzt, konnte sie selbstbewusst ihre Bücher beiseitelegen, um mit ihrer Busenfreundin durchs Freibad Republik zu flanieren, elegant wackelnd mit allem, was ihr Körper an Wackelbarem zu bieten hatte. Sie nahm die Radbrücke zum Restaurant »Ariana« auf der Insel im Park der Freiheit, in der Hoffnung, junge Burschen mit hungrigem Blick würden ihr nachpfeifen. Sie liebte die vielen Kinos der Stadt, »Serdika«, »Druschba«, selbst das »Kultura«, wo Porträts von Marx und Lenin die Leinwand flankierten, als wären die beiden berühmte Cineasten gewesen, und wo, wenn Dunkel und geiles Geflüster den Saal übernommen hatten, die Schauspielerin Newena Kokanowa den Kreislauf der Zuschauer auf höhere Tourenzahl trieb. Nach dem Film begann für Liliya der Abend erst richtig, wenn sie dem Rauschen des Lebens selbst lauschte, dem Jazz, live in der »Astoria-Bar« oder im »Swan«, einem Nachtclub. Dort spielten die Stars des Moments: Eddy Kazassian mit seiner Combo und Lea Ivanova, ins Mikrophon scattend, de-doo-woppend oder sonst wie improvisierend. Oder die Jazz Optimisten, unter der schwungvollen Leitung von Darko Sakelarow. Oder eine unangekündigte komische Nummer, die alle Anwesenden heiter-beschwingt zurückließ.

Und dort lernte sie ihn kennen, ihren Zukünftigen, ihre höchstpersönliche olympische Flamme: Anton Tscherkesow! Im »Swan-Club«. Er und seine Kumpane, jeder ein Künstler, Maler, Schriftsteller, die nächste Generation von Theatergenies, trafen sich dort so häufig, als gehörten sie zum Inventar. Und obwohl sie im Grunde noch wenig geleistet hatten, genossen sie doch schon einen gewissen Ruf, und Jüngere strampelten sich ab, um zu ihrem Freundeskreis zu gehören.

Anton, nach dem Geräuschpegel seiner Stimme zu urteilen, der Anführer der Truppe, zog gerade stilvoll an seiner Tresor (ein Detail, das Liliya nicht entging, sie konnte keinen Kerl brauchen, der sie vom Rauchen, aus welchen Gründen auch immer, abbringen wollte), als sie ihm direkt in die Augen schaute. Dieser erste Blick, den Liliya und Anton tauschten, glich einem Naturwunder der gleichen Kategorie oder noch größer sogar als die Aurora borealis; etwas Magisches hatte es, ein Blick, von dem das Herz in Flammen aufgeht, die Eingeweide prickeln und singen und der Verstand freiwillig in ungefähre Gefilde entschwindet. In einem Augenaufschlag teilte das Leben sich in zwei klar unterschiedene Hälften: Es gab eine Zeit vor und eine Zeit nach diesem Blick.

Der schwarze Tee und die Masken mit Joghurt und Eiweiß waren nicht umsonst gewesen, denn noch an dem Abend überwand Liliya alle Bastionen dieser verschworenen Truppe und nahm sie mit ihrer Sammlung extrem schweinischer Witze sogar schnell für sich ein. Eddy Kazassian musste das Letzte aus seiner Lunge herausholen, um das schallende Gelächter der Gruppe mit seiner Trompete zu übertönen. Die Stimmung war bombig. Die Wende zum neuen Jahrzehnt war eine Zeit der Hoffnung für Künstler gewesen, auch für die Theaterstudenten, zu denen Anton gehörte. Im sozialistischen Mutterland saß Nikita Sliwowitz Chruschtschow mit seinem Modellstaathintern fester im Sattel denn je. Er hatte Atomraketen auf Kuba stationieren lassen, um die Bananen zu schützen. Sein planwirtschaftliches Genie hatte zur Erschließung gewaltiger neuer Gebiete für den Weizenanbau geführt, wodurch mehr Wodka produziert werden konnte. Ein großer Redner, charmant und charismatisch, der seine diplomatischen Gegner gern mit poetischen Titeln wie »Trottel«, »Arschkriecher« oder »Marionette« titulierte. Vollkommen auf der Höhe der Zeit in seiner Fortschrittsbegeisterung, dem Arbeitsethos und Produktionseifer, kulminierend in dem unvergesslichen Satz: »Der einzige Ort, an dem das Streikrecht von nun an noch gilt, ist die Ehe.« Doch was die jungen Wilden der Literatur vor allem mit Interesse verfolgten, war, dass unter seiner Regierung die Werke verfemter Schriftsteller wie Wladimir Dudinzew und Alexander Solschenizyn wieder publiziert werden durften. Wenn es in Moskau regnete, würde es sicher auch in Sofia bald nieseln. Die Zensur schien milder zu werden, das Korsett des sozialistischen Realismus würde bald schon gelockert. Schriftsteller wie Michail Scholochow würden aus dem Schulunterricht verschwinden. Hoffnung, man konnte es nicht anders nennen, machte sich breit. Von dieser Hoffnung war auch im Herbst 1962 noch etwas zu spüren, wie sich am frohen Gelächter der Truppe im »Swan« ablesen ließ. Die Maler unter ihnen hatten ein neues Modell, und Anton (ein geistig sprühender, gutaussehender junger Mann, potent wie ein Stier, überschäumend von Ideen und Humor, Führer der Feder, auf die die bulgarische Literatur Eingeweihten zufolge seit Jahrzehnten gewartet hatte) schoss an dem Abend den Hauptpreis und trat mit Liliya am Arm aus den Zigarettenrauchschwaden des Nachtclubs ins Freie.

Die fünf wichtigsten Regeln für die Intelligenzija

1. Denken Sie nicht.
2. Sollten Sie trotzdem denken, sprechen Sie Ihre Gedanken nicht aus.
3. Sollten Sie Ihre Gedanken doch aussprechen, schreiben Sie sie nicht auf.
4. Haben Sie Ihre Gedanken schon aufgeschrieben, unterzeichnen Sie nicht mit eigenem Namen.
5. Haben Sie Ihre Ergüsse mit eigenem Namen versehen, kommen Sie hinterher nicht und beschweren sich.

- 1956 -

Ein hocherfreuter Michail Scholochow trat vor die zahlreich erschienenen Genossen des XX. Parteitags. Er, der Musterschriftsteller, Klassiker des sozialistischen Realismus. Er war stets hocherfreut, wenn er den Ruf von Kollegen öffentlich in den Dreck ziehen durfte. Und solch ein Tag war heute. Da stand er, im Glanz der Scheinwerfer, in seiner Eigenschaft als großes Licht und Lautsprecher des Verbands Sowjetischer Schriftsteller. Derart beseelt in seinen Reden, dass *er* das Mikrophonrecht erhielt. Er, nicht der Vorsitzende des Verbands, dieser Schwächling und Sonntagsdichter Alexej Surkow. Die Zigaretten in seinem Mundwinkel glühten vor Stolz, von ihm, dem Großen Scholochow, aufgeraucht werden zu dürfen.

Der Kommunismus, begann er, sei tonangebend auf allen Gebieten. Er baue die besten und größten Wasserkraftwerke der Welt, um nur mal ein Beispiel zu nennen. Die Liste großartiger Leistungen ließe sich noch bis ins Unendliche fortsetzen, doch dies sei schließlich keine Maschinenbaumesse. Ausgerechnet in den literarischen Werken aber spiegle sich die Großartigkeit der Ideologie eben nicht. Lumpenliteratur werde hervorgebracht – Lumpenliteratur, seit über dreißig Jahren! Dabei zähle der Sowjetische Schriftstellerverband dreitausendzweihundertsiebenundvierzig Mitglieder, die gut fünfhundert Kandidaten noch nicht mitgerechnet. Alles Menschen, die Schriftsteller seien, oder besser: Menschen, die sich für Schriftsteller hielten. Die Mehrheit von ihnen lebe in der Hauptstadt, wo es schick sei, Künstler zu sein, und der Status als Schreiberling manches Stück Frischfleisch ins Bett bringe. All diese sogenannten Schriftsteller (hierbei sah er einzelne mit seinem langsam entstehenden Schwollkopf durchdringend an) hätten noch nie einen Traktor aus der Nähe gesehen. Vielleicht wüssten sie nicht mal, wozu diese Gefährte überhaupt dienten. Wollten sie das Innere einer Fabrik beschreiben, müssten sie ihre Phantasie bemühen, was alles andere als wünschenswert sei.

Denn die Phantasie, in der lebten die Imperialisten. Phantasie und Sentimentalität. Lieber hätte es Scholochow gesehen, all diese Salonschreiberlinge kehrten in ihre Geburtsdörfer zurück, wo das echte Leben noch aus der Erde erwachse. Dann würden sie ihre Tinte wenigstens mal an authentische Gegenstände verschwenden. Aber nein, der moderne Sowjet-Schriftsteller ziehe es vor, sich mit literarischen Preisen zu beschäftigen. Um die gehe es ihm! Preise zu bekommen sei das einzige Ziel dieser erbärmlichen Existenz. Und noch schlimmer: Bekomme er dann endlich solch einen Preis, nehme er ihn auch noch an! Als meinte er im Ernst, diesen Preis zu verdienen. Wüssten die Anwesenden, dass es sogar Schriftsteller gebe, die Geld für Lesungen nähmen? Könne man sich das vorstellen? Hatte ein Autor nicht schon genug Lohn vom Leben und der Partei bekommen, schon allein dadurch, dass er schreiben könne und dürfe? Müsse er für seine Arbeit auch noch bezahlt werden und sich einen adretten Anzug zulegen, um seine Preise in Empfang zu nehmen? Tote Seelen, das seien die jungen Schriftsteller unter dem Kommunismus. Sie sähen ihren Arbeitsplatz nicht mehr als Stahlfabrik, ihre Feder nicht mehr als eine Maschine.

Der Kommunismus sei die größte Hoffnung der Menschheit, doch in den Büchern erhalte die Arbeiterklasse keinen Platz, werde nicht thematisiert, weil die sogenannten großen Federn von Klassenfeinden geführt würden.

Und so war es nun an der Zeit, einige Kollegen mit Namen zu nennen, sie zu verspotten, ihnen ins Gesicht zu spucken, ihre Schriftstellerhand als schlichtweg behindert zu denunzieren.

Er schwieg über die Autoren, die das echte Leben beschrieben hatten und dafür in den Gulag gekommen waren, aus dem nicht alle wieder zurückkehrten. Er schwieg zu Bulgakow, Solschenizyn, Gasdanow, Platonow, Pasternak ... Die existierten nicht. Die hatte es nie gegeben.

Noch einen Zug an der Zigarette. Und sich dann bei den kriecherischen Idioten bedanken für ihren wahnsinnig donnernden Applaus.

– 1963 –

Antons vielversprechende Karriere als Dramatiker hatte genau eine Vorstellung lang gedauert. Sein Einakter *Was die Schafe noch wissen* hatte gewissen Kennern zufolge riesiges Potential; ein genialer, innovativer Kern stecke darin, man müsse damit rechnen, dass Antons Name schon bald in einem Atemzug mit den Allergrößten der internationalen Literatur genannt würde.

Die Premiere, wenn das für ein Stück, das nur eine einzige Aufführung erlebte, der richtige Ausdruck ist, fand in einem der zahlreichen kleinen Theater in der Rakowskistraße statt. Weil Anton sich dafür entschieden hatte, vor allem viele Monologe zu schreiben, die von jungen, berückenden Schauspielerinnen gesprochen werden mussten, hatte Liliya beschlossen, ihren frischgebackenen Ehemann gegen die mächtigen Gesetze des Fleisches zu schützen, und hatte – weniger aus Eifersucht denn aus Besorgnis – eine Rolle als Komparsin für sich gefordert. Sie wusste, dass Anton sich ab und zu mit seinen Schauspielerinnen vergnügte. Das störte sie nicht wirklich, bot diese Offenheit ihrer Beziehung doch auch ihr viele Möglichkeiten, aber das Stück durfte auf keinen Fall gefährdet werden, dazu war es zu gut. Während der Proben stellte sich allerdings heraus, dass ihre dilettantische Interpretation eines Schafs für Spannungen in der Truppe sorgte und sie Antons Glaubwürdigkeit als Dramaturg ernstlich gefährdete. So begnügte sie sich zuletzt mit der Rolle als Requisiteurin. Ohne die geht am Theater auch nichts.

Zu niemands Erstaunen waren alle fünfhundert Plätze am Premierenabend besetzt. Dreihundert waren an Freunde und Verwandte der Schauspieler gegangen, die restlichen zweihundert wurden von Mitarbeitern des Geheimdiensts eingenommen, die man leicht an ihrem Eifer erkennen konnte, wie ein Freund oder Verwandter eines der Schauspieler zu wirken.

Es war ein gutes Publikum. Es lachte an den richtigen Stellen, hielt in den spannenden Momenten den Atem an, und in den rührenden Szenen hörte man die Damen im Saal in ihren Handtaschen nach Schnupftüchern kramen. Hinterher bedauerte man, dass niemand die Länge des Applauses gestoppt hatte. Fünfmal wurde die vollzählige Truppe auf die Bühne gerufen, und einige Enthusiasten erfüllten den Saal noch immer mit ihrem Applaus, als die Schauspieler sich hinter den Kulissen schon längst umzogen. Tatsache ist: Der Applaus war begeisterter und anhaltender gewesen als der jener berüchtigten Beifallsmaschinerie, von der seinerzeit Josef Stalin mit seinem Kakerlakenschnauzbart den Erfolg seiner feurigen Scheinwahlreden hatte absichern lassen.

Nach der Vorstellung war die Truppe geschlossen in die Stadt gezogen, um den Erfolg der Premiere auf gebührende Weise zu feiern. Wie in den meisten Weltstädten von Rang und kulturellem Format wütete auch in Sofia ein erbitterter Kampf zwischen Journalisten und Schauspielern um den Ehrentitel der größten Säufer. Und in dieser Nacht soffen die Helden aus *Was die Schafe noch wissen* so viel Rakia, dass die Journaille, eine Bande schlechter Verlierer, nicht umhinkonnte, mit schlechten Kritiken zu reagieren.

Doch während die Schauspieler, Tontechniker, Bühnenbildner, der Souffleur und die Requisiteurin ihre alkoholische Suprematie über den Balkan erkämpften, glänzte der Schöpfer dieses Erfolgs durch Abwesenheit. Das Verhalten des wahren Künstlers, dachte man. Exzentrisch, wo es sein musste, bescheiden, wann immer es ging.

Aber leider war das ein Irrtum, denn Anton Tscherkesow befand sich bereits auf dem Polizeirevier am Renaissance-Platz, genauer: in einem der Keller, an einem kleinen Tisch unter dem blendenden Licht einer hässlichen Lampe. Die Erlaubnis zu rauchen wurde ihm verwehrt, sein Verhörbeamter jedoch war so freundlich, ihm den Rauch seiner Zigarette ins Gesicht zu blasen. So gab es für den jungen, vor Nervosität bibbernden Schriftsteller doch noch etwas zu inhalieren. Und wie man außerdem hörte – das heißt westlichen Wissenschaftlern zufolge –, war passives Rauchen genauso schädlich wie aktives. Anton fehlte es im Grunde also an nichts.

Natürlich stellte jeder Schriftsteller sich darauf ein, irgendwann in besagtem Verhörkeller zu landen, doch gleich nach der Premiere seines allerersten Stücks auf einem der zu harten Stühle zu sitzen, damit hatte Anton nicht gerechnet. Die Behörden mochten nämlich keine Überstürzung. Je langsamer sie waren, desto länger nagten die Angst und die Unsicherheit am Nervenkostüm ihrer Bürger. Aber, so erklärte sein mit saurem Atem geschlagener Beamter (ganze Wagenladungen von Zigaretten konnten dagegen nichts ausrichten), da für den nächsten Tag schon eine weitere Aufführung des Stücks geplant war und man einige Dinge bezüglich der ersten Vorstellung mit ihm zu besprechen wünschte, hatten die zuständigen Behörden beschlossen, zu ungewohnter Eile überzugehen. Was sollte das Ganze hier? Zunächst einmal hatte ein Schaf in der Vorstellung dem verstorbenen Genossen Stalin frappierend ähnlich gesehen. Natürlich konnte eine Ähnlichkeit mit Genosse Stalin jedem Schaf nur zur Ehre gereichen, doch nie wäre es diesem genialen Staatslenker in den Sinn gekommen, meckernd auf ein Podium zu scheißen. Oder etwa nicht? Ein anderes Schaf zeigte dann wieder Züge, die bedenklich an das Gesicht des Generalsekretärs des Zentralkomitees der bulgarischen Kommunistischen Partei – uff!, langer Titel – erinnerten, der Mann, der Halbgott, musste man sagen, der aus Bulgarien den treuesten Vasallen Moskaus, die sechzehnte Sowjetrepublik, gemacht hatte. Alles andere als ein Schaf also. Außerdem war der Einfluss des sozialistischen Realismus, wie er vom großen Michail Scholochow so beispielhaft praktiziert wurde, im Stück des jungen Autors an keiner Stelle zu spüren. Bauern wären gute Figuren in so einem Theaterstück gewesen – Bauern, nicht Schafe! Auch die Forderung der Volkstümlichkeit sei in dem Einakter durch die Verwendung einiger *schwarzer* Schafe – alles übrigens Tiere von Rassen aus dem kapitalistischen Westen – keinesfalls realisiert worden.

Anton Tscherkesow solle jetzt ganz genau zuhören: Wenn man schon Sergej Prokofjew das Leben ungemütlich gemacht hatte, weil er sich herabwürdigte, formalistische, antisozialistische Katzenmusik zu schreiben, was sollte dann erst mit einem angehenden Theaterautor geschehen, der sich mit dem Hinhudeln eines fünfminütigen Monologs für einen Baum amüsierte? War das sozialistischer Realismus, ein sprechender Baum? Hieß das etwa die kommunistische Wirklichkeit wahrheitsgetreu abbilden – mit redenschwingender Vegetation? Und nicht nur dieser Baum, auch die Schafe im Stück hatten gesprochen! Solle man daraus schließen, Anton sei ein Anhänger der Bibel, dieses Schundbuchs, in dem sogar Schlangen zu allem ihren Senf dazugaben?

Man brauche Anton nichts zu erklären, er wisse, wie es Prokofjew ergangen sei. Seine erste Frau war wegen Spionage ins Arbeitslager gekommen, und ihn selbst hatte man so lange drangsaliert, bis er kaum noch mehr wog als seine paar Knochen. Und wie überhaupt jeder wisse, stelle das Schicksal sich stets auf die Seite des Kommunismus: Prokofjew hatte zu seiner Schande am selben Tag sterben müssen wie Stalin, so dass in den Zeitungen kein Platz übrig blieb, über seinen Tod zu berichten. So könne es zum Beispiel sehr leicht geschehen, dass Antons Frau, Liliya Dimowa, die ja aus einer aristokratischen Familie stamme, nicht wahr, und sich heute Abend des Verwahrens der Requisiten für ein bürgerlich-individualistisches Theaterstück schuldig gemacht habe, in den nächsten Tagen wegen antikommunistischen Verhaltens festgenommen werde. Und was Anton anging: Ihm müsse klar sein, dass es für Schriftsteller der falschen Art immer noch Befehl No. Zwei Drei Vier gebe: eine Besinnungskur im Arbeitslager Belene! Das wenige Essen dort sei einfach, aber nahrhaft. Denn Hunger sei der beste Koch.

Über Antons schriftstellerische Fähigkeiten brauche man nicht zu streiten. Er habe sie, eindeutig. Bloß nutze er sie für den falschen Zweck. Der sozialistischen Idee wäre weit besser gedient, wenn er das Theater und die Literatur überhaupt an den Nagel hinge und seine Talente in den Dienst der journalistischen Arbeit stellte. Er sei natürlich ein freier Mann, sein Leben gehöre ihm. Es sei seine ureigene Entscheidung, ob am nächsten Tag noch eine Vorstellung von *Was die Schafe noch wissen* stattfinden solle oder nicht. Wenn das keine Freiheit war!

Das sei alles. Anton habe die Wahl, er könne sich jetzt wieder seinen feiernden Theaterfreunden anschließen. Befehl No. Zwei Drei Vier brauche vorläufig nicht angewandt zu werden.

– 1971 –

Das Berufsleben unter dem Kommunismus war eine simple Sache: Der eine tat, als würde er arbeiten, der andere, als würde er bezahlen. Weil sie in Mathematik so skandalös schlecht war, hatte Liliya eine Stelle als Buchhalterin in einem Anwaltsbüro bekommen. Ein gesundheitlich aufreibender Job, angesichts der Unmengen dünnen Kaffees, die während der Arbeitszeit bewältigt werden mussten. Jurisprudenz und Buchhaltung waren allerdings keine anstrengenden Berufssparten in den totalitären Jahren, wodurch die Mittagspause im Winter leicht drei Stunden dauern konnte, vier Stunden sogar oder noch mehr, wenn im Sommer die Sonne die Weintrauben reifen ließ. Mehrmals geschah es, dass sich die komplette Belegschaft am Ufer der Iskar traf, aus keinem anderen Grund, als sich im Freien zu aalen und miteinander zu flirten.

Bulgaren haben gewisse Eigenschaften, die sie von fast allen anderen Völkern der Welt unterscheiden: So wiegen sie den Kopf mehrmals von links nach rechts, wenn sie »Ja« meinen, und die Frauen halten ihre Wohnungen nur dann sauber, wenn sie mit ihrem Sexualleben zufrieden sind. Liliyas Wohnung war picobello. Bei ihr konnte man vom Boden essen. Ihr Anton fühlte sich denn auch wenig berufen, seinen Alkoholkonsum zu bändigen, auch wenn sein Pimmel immer seltener imstande war, die »Internationale« zu singen und er im Laufe der Zeit so viel soff, dass die gesamte Maschinerie seiner Männlichkeit ausfiel. Um die häusliche Ordnung und die eigene Geistesgesundheit zu retten, unterhielt Liliya ein reges gesellschaftliches Leben, zuallererst natürlich in ihrem noblen Einsatz als Modell für Künstler, die die Bedeutung der Aktmalerei noch zu schätzen wussten. Sie saß in allerlei verrückten Gremien und war Mitglied einiger teils selbst gegründeter Vereine, die so absurde Namen trugen wie »Club der überzeugten Flaneure« oder »Verein zur Förderung der gewissenhaften Wolkenbetrachtung«. Im Grunde alles nur Vorwände, mit lieben Menschen zusammen zu sein, ein Gläschen zu trinken und Blödsinn zu machen. Von all ihren Clubs jedoch lag ihr am meisten der Verein der »Freundinnen des Fischfangs« am Herzen. Zusammen mit fünf Kolleginnen hatte sie ihn gegründet, war – was auch immer das heißen mochte – dessen Vorsitzende und Schatzmeisterin und hatte es fertiggebracht, von der Partei ein Büro im zweiten Stock eines tristen Gebäudes zugewiesen zu bekommen. Vom Angelsport sprachen die »Freundinnen des Fischfangs« allerdings nie. Eine Matratze wurde nach oben in den Clubraum geschafft, und das war's, die Damen hatten jetzt eine sturmfreie Bude, wo sie sich ungestört mit ihren Liebhabern austoben konnten.

Der erste Fisch, der Liliya ins Netz ging, war ein Agent der Staatssicherheit, den sie seines Berufs wegen natürlich abgrundtief hasste, was jedoch dazu führte, dass sie sich in seinem Fall wegen des Seitensprungs weniger schuldig fühlte. Übrigens war das alltägliche Leben derart politisiert, dass es eine Erlösung war, wenn Ideologie endlich mal keine Rolle mehr spielte, weil beide Parteien nackt dastanden. Außerdem war der KDS-Mann ein begeisterter Leser, auch von Büchern, die er eigentlich nicht lesen durfte, und damit konnte man bei Liliya punkten. Und hässlich war er auch nicht. Sein Dingeling konnte außer der »Internationalen« auch »Le Chant des Partisans«, »Bella ciao«, »Hasta siempre, comandante«, die »Bandiera Rossa«, das »Solidaritätslied« und, kurz vorm Orgasmus, »Stalin mit uns«, wenn's sein musste, im Kanon, ein paarmal hintereinander. Er war ein Protzdödel, der jeden Morgen seine Orden polierte und in einem Mercedes 220 D durch die Straßen fuhr. Nahm sich eine Frau als Bettgespielen etwas anderes als einen Trabant-Besitzer, war sie schnell als Parteihure verschrien, und um sich diese Titulatur zu ersparen, sprach Liliya, sobald sie sich mit ihrem brünstigen KDS-Mann in der Öffentlichkeit zeigte, ihre geliebte Sprache Molières, in der Hoffnung, von zufälligen Passanten für eine ausländische Diplomatin gehalten zu werden.

Sofia mochte eine angehende Metropole sein, die Bevölkerung hatte den viel zu schnellen Schritt vom Dorf zur Stadt nur verkraftet, indem sie die Kunst von Klatsch und Tratsch perfektionierte. Seitensprung war auch in der Großstadt ein Gegenstand fachmännischer Fabulierkunst. Der Staatssicherheitsmann wusste natürlich, wem die damals noch entzückenden Beine neben dem Schaltknüppel seines Mercedes 220 D gehörten: der Ehefrau eines dissidenten, aus dem Verkehr gezogenen Schriftstellers, Autor des Machwerks *Was die Schafe noch wissen* – schon der Titel allein! Sie war Spross einer dekadenten Aristokratenfamilie, er kannte seine Akten, schließlich stammte er in direkter Linie von Kriegsherren ab, die schon die Türken zu Schaschlik gemacht hatten. Doch gerade letzterer Aspekt ihrer Person machte den Ordnung und militärische Zucht liebenden Geheimdienstler heiß wie eine Herdplatte.

Liliyas Anfängerfehler war gewesen, ihre »satzungsgemäßen Aktivitäten« nach außerhalb der Vereinsräume zu verlegen und sich von ihrem KDS-Mann mit nach Hause nehmen zu lassen. Über seinem Bett, das binnen kurzem zum Quietschen gebracht werden sollte, hing das Porträt von Leonid Wodka Breschnew. Nach eigenem Bekunden hatte er schon mal versucht, in einem Zimmer Liebe zu machen, in dem das Porträt des Sowjetführers nicht auf seine Leistungen herabblickte, doch das Ergebnis war enttäuschend gewesen und hatte bei einigen Damen seinem Ruf als Deckhengst geschadet. Der Eigenschaft vieler Frauen, gern aus dem Nachtkästchen zu plaudern, verdanken wir die Erkenntnis, dass manche Vertreter der männlichen Spezies ein derart persönliches Verhältnis zu ihrem Penis entwickeln, dass sie ihm einen Namen geben. Und zum Glück für die Wissenschaft gehörte Liliya zu jenen, die fanden, dass Wissen von Generation zu Generation weitergegeben werden sollte: Ihr KDS-Mann nannte sein gutes Stück »Stacho« – nach Alexej Stachanow, dem berühmten Bergarbeiter aus dem Donbas, der in sechs Stunden hundertundzwei Tonnen Kohle gefördert hatte, vierzehnmal mehr, als die Norm es verlangte. Während des Liebesakts benutzte er militärische Kommandos wie »zum Angriff«, »in Deckung«, »Stellungswechsel«, »verschanzen«, »zückt die Degen«, »legt an« und »ergebt euch«. Erotische Verschlingungen erhielten so poetische Namen wie »Invasion in der Schweinebucht«, »Kronstädter Aufstand« oder »Schlacht im Kursker Bogen«.

Nach drei solchen militärischen Reenactments unter dem Porträt Breschnews wurde es Liliya zu viel, und inmitten der Schlacht, während einer wilden Umarmung, die unter dem Namen »Die Eroberung von Hainan« berühmt war, rief sie: »Stopp, ich bin Pazifistin!«

Das war das Ende ihrer Affäre mit dem KDS-Mann. Nicht jedoch das der »Freundinnen des Fischfangs«. Liliya hatte indes ihre Lektion gelernt, alle satzungsmäßigen Aktivitäten nur noch im Büro des Vereins durchzuführen.

Trauer über das Ende der Affäre empfand Liliya jedenfalls nicht. Schließlich war und blieb Anton die große Flamme ihres Lebens, auch wenn betrunkenes Schnarchen im Bett seine größte Heldentat wurde. Sie beklagte sich nicht, sie musste ja zugeben: Er war süß, wenn er zu viel getrunken hatte. Halb impotent zwar, aber romantisch, er überschüttete sie mit fuselgeschwängerten Küssen und Liebesgedichten aus dem imperialistischen Ausland. Wenn Liliya einen Krümel Bedauern über das zerbrochene »Bündnis« mit dem KDS-Mann empfand, dann nur, weil sie die stille Hoffnung gehegt hatte, dieser Liebhaber könnte etwas für ihren Anton tun. Aus ihm musste wieder ein Schriftsteller werden, ein echter, kein Redaktionsstuben-Sklave, der sich Artikel über sozialistische Rekordkühe aus den Fingern saugen musste, die achttausend Liter Milch pro Tag gaben.

Aber nun ja, sie war eine Frau mit Bedürfnissen, und für deren Befriedigung sorgten die

»Freundinnen des Fischfangs« hervorragend. Schon bald sollte sie merken, dass auch andere Frauen ein Doppelleben führten, manche sogar gleich ein mehrfaches, und dass die Bevölkerungsexplosion in Sofia vor allem auf die massenhafte Geburt außerehelich gezeugter Kinder zurückgeführt werden musste. Praktisch veranlagt, wie arbeitende Ehefrauen sind, stellten die »Freundinnen des Fischfangs« einen Belegungsplan für ihr Büro auf, der die Hormonzyklen der einzelnen Mitglieder berücksichtigte, sowie einen Turnus für das Waschen und Wechseln der Laken. Und da die Zufriedenheit mit ihrem Sexualleben sich wie gesagt im freudigen Gebrauch von Eimer und Feudel manifestierte, wäre das zusätzliche Festlegen von Putzwochen eigentlich gar nicht nötig gewesen.

Alles vorbildliche Hausfrauen, ihre Wohnungen waren tipptopp.

– 1969 –

Während der Zweite Weltkrieg sich seinem Ende näherte und dies mit einem großen Feuerwerk über Hiroshima feierte, hatte man in Bulgarien schon unauffällig, doch umso eifriger an der nächsten Generation Konzentrationslager gebaut. Das Schreckenslager Belene war eines davon. Fast zwanzig Jahre zählten die ältesten und bedurften hier und da schon einer kleinen Instandsetzung, als der angehende subversive Schriftsteller Anton zu einer Befragung festgenommen worden war, noch am Abend der Premiere seines umstrittenen Theaterstücks. Aber auch jetzt gab es diese Orte der Persönlichkeitszerstörung noch, und auch zwanzig Jahre später sollte es sie noch geben. Kein Amerikaner, Kanadier oder Was-weiß-ich-ier hat dort auch nur einen Menschen befreit.

Vierzig Jahre und mehr ...

Ins Lager konnte man kommen, weil man bourgeoises Verhalten an den Tag legte. Weil man sich unsozialistisch zeigte. Adam Smith für einen interessanten Wirtschaftstheoretiker hielt. Mit einem ziselierten Liebesgedicht den Staat unterminiert hatte. Der Schriftsteller Dimitar Talew und der Dichter Josif Petrow saßen aus Gründen, die man auch gegen Anton zusammenkonstruieren konnte. Zum Zeitpunkt, als die Exilantin Sylvie Vartan (geborene Vartanian) im Westen eine gefeierte Popsängerin war und Frankreich hüftschwingend den Sex-Appeal der bulgarisch-armenischen Femme fatale beibrachte, konnten Bulgaren im eigenen Land schon allein darum ins Lager gesteckt werden, weil sie etwa Twist tanzten, zu enge Jeanshosen trugen, sich die Zehennägel in der falschen Farbe lackierten, einen als sittlich verkommen befundenen Rock trugen. Der Eiserne Vorhang rostete schon seinem Ende entgegen, als in Bulgarien immer noch nach Belene deportiert wurde, weil man zum Beispiel ein »verwirrtes ethnisches Selbstbild« besaß. Das Politbüro war eine geniale, lautlose Reinigungstruppe, beauftragt mit dem Vertilgen von Intellektuellen und dreckigen Türken.

Doch eigentlich erfuhr keiner, warum seine überfallartige Festnahme am Morgen erfolgt war, angeblich bloß zu einer kleinen Befragung, und er am Nachmittag schon ins Lager transportiert wurde. Das Konzept des Lagers war ja darauf ausgerichtet, den Gefangenen durch eigene intellektuelle Anstrengung zur Einsicht kommen zu lassen. Er, und nur er, konnte wissen, was an seinem Verhalten alles falsch war. Offiziell durfte eine Inhaftierung nie länger als sechs Monate dauern. Begriff er nach sechs Monaten immer noch nicht, warum man ihn ins Lager gesteckt hatte, bot man ihm die Chance zu vertiefter Selbstreflexion und verlängerte den Aufenthalt um sechs Monate. Und dann noch mal sechs Monate und noch mal sechs Monate und noch mal …

Um die höheren Werte der echten Arbeiterklasse wieder schätzen zu lernen, mussten die Gefangenen, oft Schriftsteller und Musiker, die keine wirkliche Anstrengung kannten, achtzehn Stunden am Tag schuften. Hin und wieder wurde die Plackerei unterbrochen, für eine Erschießung zum Beispiel, damit's nicht langweilig wurde. Obwohl die Lagerkommandanten in diesen Dingen höfliche Menschen waren: Zehn Minuten vor der Exekution bekam der Gefangene einen Spiegel, damit er in aller Gemütsruhe von sich Abschied nehmen konnte. Die Zweifelsfälle durften weiter intensiv über ihre Taten nachdenken, und man bereitete ihnen ein Nachtlager in einer Grube, die so schmal war, dass man kaum darin liegen konnte, und die bei Regen oder Überschwemmung durch die schmutzig-graue, nahegelegene Donau einfach volllief. Das blaue Viereck über sich nannten sie Himmel.

Befehl No. Zwei Drei Vier. Anton hatte Glück, er hatte nur eine Verwarnung bekommen.

Doch war das wirklich ein Glück? Eine Verurteilung hätte ihm bestimmt ein größeres Ansehen bei seinen Bohemekollegen beschert, wo man auf Schriftsteller herabschaute, die ihren Frieden mit dem Regime gemacht hatten. Auch im Ausland hätte man ihn mehr wahrgenommen. Jetzt saß er zwischen allen Stühlen: vom System verachtet, bei seinen alten Kampfgefährten aus dem »Swan« als Verräter und Feigling verschrien. Aber er hatte ein Kind zu ernähren, und hoffentlich lag das Ausbleiben von Liliyas Menstruation bloß an dem Roman, den sie gerade las, sonst wäre noch ein gottverdammtes zweites unterwegs gewesen!

Und weil die Partei fand, dass er ein begabter

Phantast und außerdem geisteskrank war, hatte sie ihm eine Karriere als Journalist nahegelegt. Ihm war klar, dass er dieses Angebot nicht risikolos ausschlagen konnte und dass die Partei damit bekam, was sie wollte: seine völlige Isolierung. Seine Freunde würden ihn fallenlassen wie eine Fliege ihren Schiss. Doch zugegeben, er konnte von seiner Feder leben, immerhin. Begeisterte Artikel über die phantastische Ernte, die unbändige Arbeitsfreude in den Metallbetrieben, die Popularität Breschnews im nichtsozialistischen Ausland, die amerikanische Inszenierung einer Mondlandung in einem Hollywood-Filmstudio. Im Oktober 1965 hatte er mit blutendem Herzen einen hymnischen Beitrag über den Nobelpreis für Michail Scholochow und den Triumph des sozialistischen Realismus in der Weltliteratur geschrieben. Ein Akt der Selbstkasteiung, deren Schmerzen er nach Kräften mit den Segnungen der Flasche bekämpfte. Realität war etwas für Leute, die nicht mit Alkohol umgehen konnten.

Die Partei hatte gewonnen, hatte bekommen, was sie wollte. Es gab keinen einzigen Grund, diesen vereinsamten Wicht ins Lager zu schicken: Er machte sich längst selber kaputt. Probleme mit Schwächlingen lösten sich immer von selbst.

Intellektuellen Verrat hatte er begangen, er war der Erste, dies hinter verschlossenen Türen zuzugeben. Zu feige, für seine Feder zu sterben, was er bestimmt getan hätte, wäre seine bessere Hälfte nicht so fruchtbar gewesen. Und während einiger Verzweiflungsanfälle hatte er ihr an seinem Schweigen als Schriftsteller auch tatsächlich die Schuld gegeben: Sie hatte das Kind geboren, für das jetzt er die Verantwortung trug. Obwohl sie ihm auf seine Vorwürfe jedes Mal erwiderte: »Hättest du mich damals das Schaf spielen lassen, wäre jetzt für uns alles vielleicht ganz anders.«

– 1977 –

Glück war schlecht fürs Gedächtnis, darum musste man glücklich sein.

Und weil es so viele Dinge gab, die man vergessen musste, und der Körper so ziemlich der einzige Privatbesitz war, den die Partei einem erlaubte, hatte Liliya – wie viele ihrer Generation – die Liebe, die trotz all ihrer Gifte herrliche Liebe, zum Spielfeld ihrer moralischen Selbstbehauptung gemacht. Vögeln, um seiner Schönheit willen. Allerdings war das eine Kunst, die nicht jeder beherrschte. Natürlich war es wundervoll, Liebe zu machen, ohne gegenseitige Verpflichtung, wenn die Unterwäsche vom Boden geklaubt und wieder angezogen war. Am bezauberndsten war das wortlose Vögeln, wenn das Gestern und Heute der beiden Beteiligten keine Rolle mehr spielten. Wenn die persönlichen Kümmernisse nicht geteilt werden mussten und selbst ein Wiedersehen nicht ins Auge gefasst wurde. Geliebte für einen Moment, schön für den einen Moment und nie mehr kaputtgemacht von all den anderen Momenten, die sich daraus ergeben könnten. Das, und nur das, war die freie und befreiende Liebe, wie sie seit der Oktoberrevolution gepredigt wurde, als man die Ehe als ein Produkt der ökonomischen und politischen Zustände betrachtete. Darum hatten schon Marx und Engels Einwände gegen das Prinzip der Monogamie erhoben. Monogamie: ein unnatürliches Verhalten, das bei näherer Betrachtung nur der männlichen Vorherrschaft diente. Monogamie: die alltägliche, häusliche Form der früheren Leibeigenschaft. Darum fand die russische Sozialistin Alexandra Kollontai die großflächig angestrebte Fabrikarbeit von Frauen so phantastisch: Sie wären endlich von Kochtopf und Windeln erlöst und könnten, wann immer sie wollten, aus jeder Begegnung eine Umarmung machen. Blieben sie zu Hause bei Eimer und Wischlappen, begegneten sie ja keinem Menschen! Darum sollten weder Mann noch Frau Verantwortung für die Kinder tragen müssen, die sie bewusst oder versehentlich gezeugt hatten, weder für eheliche noch für andere; Erziehung sei eine Aufgabe der gesamten Gesellschaft. Darum hatte auch August Bebel, der verehrte Nestor der deutschen Sozialisten, einen idyllischen Zustand freier Liebe als Zukunftsvision vor sich gesehen. Die ostdeutschen Genossen waren diesen Idealen übrigens am treuesten geblieben: Die Freikörperkultur wurde dort noch immer gefördert, und die Nackedeis, die für die Zeitschrift *Das Magazin* posierten, gaben mit einer Reißzwecke in der Stirn in Hunderten, nein, Tausenden von Fabriken der sozialistischen Ökonomie einen gewaltigen Schub. Das musste Liliya zugeben: Mit den Modellen aus der DDR konnte sie nicht mithalten, ihre Beiträge zur bildenden Kunst brachten den nächsten Fünfjahresplan keine hundert Saschen voran.

Darum wollte der Kommunismus einfach nicht untergehen, darum wurde er vom eigenen Volk nicht gestürzt: Er war einfach die Ideologie des besseren Sex!

Obwohl ... Eigentlich hatte der Kommunismus mit seinen schönen Träumen längst abgewirtschaftet, und die Hämmer, mit denen die Standbilder der politischen Illusionisten zertrümmert werden sollten, waren schon gegossen. Das Werkzeug der Ikonoklasten lag in geheimen Kisten bereit, für den großen Tag. Und der würde kommen. Der Tag, an dem die große Maskerade zu Ende wäre. Doch sicher war, dass auch dann keine Frau – und vermutlich auch kein einziger Mann – das Denkmal August Bebels zerstören würde.

Das wortlose Vögeln war ihre Mission, in dem kleinen Büro der »Freundinnen des Fischfangs«. Allerdings war es manchmal recht schwierig gewesen. Schwierig, weil der Schwarzmarkt für mehr oder weniger zuverlässige Blausiegel-Kondome dem mächtigen Gesetz von Angebot und Nachfrage folgte, als Übung für den vielleicht bald schon hereinbrechenden Kapitalismus, so dass es ratsam erschien, benutzte Kondome auszuspülen und einzufetten, mit Butter, wenn es die gab, oder sonst einfach Olivenöl. Schwierig vor allem, wenn man ein weiches Herz hatte. Denn bisweilen gab die Liebe ihre Spielenden nicht frei. Manchmal war es die Erinnerung an eine Narbe auf dem Rücken, an eine Berührung, einen Blick, eine Sommersprosse, ein eigentlich hässliches Härchen hier oder da, winzige Kolossalitäten, die man nicht vergessen konnte, wie sehr man auch wollte, worauf die ach so ungebunden Liebenden einander in ihren Träumen besuchten. Wir haben uns angewöhnt, dies »Verliebtheit« zu nennen. Ein schönes Gefühl, ein schöneres haben die Höhlenforscher der menschlichen Seele noch nicht gefunden. Doch ein Problem war es schon. Eine herrliche, aber verwüstende Kraft in einem Land, in dem es fast kein Gefühl mehr zu verwüsten gab.

Das wortlose Vögeln, ja, das vertrat sie. Aber auch, und vielleicht noch mehr, das fröhliche Vögeln. Das Vögeln, das einfach Spaß machte, in dem es Raum gab zum Albern oder für einen Witz.

Es war tragisch, doch auch wieder bezeichnend für Liliyas Leben, dass sein bester Witz ein Todesopfer forderte. Anfang März, spät am Abend. Der Liebhaber vom Dienst war diesmal ein Anwalt mit dem enttäuschenden Körper der meisten Anwälte, doch äußerst charmant, humorvoll und, nicht zu vergessen, ein Leser, begeisterter Sammler von Samisdat-Ausgaben und um einiges besser im Bett, als seine Speckröllchen und dicken Brillengläser hatten vermuten lassen. Es war, bei allen poetischen Alternativen, dies zu umschreiben, einfach ein todgeiler, bestialischer Abend, und beide Partner waren mit der Gabe der Unersättlichkeit gesegnet. Das Bett war natürlich nicht erste Qualität, von erster Qualität war hier nichts, und es knarrte und dröhnte, aufpeitschend wie die Jazzrhythmen, die vom Regime als westlich-dekadent denunziert wurden und für die ihre Trommler im Lager landeten. Auch die Wände dröhnten. Das Nachtschränkchen dröhnte. Die Kaffeemaschine dröhnte. Alles dröhnte. Und je mehr die beiden sich dem nun nicht mehr aufzuhaltenden Höhepunkt näherten, desto mehr rumpelte, rappelte, knarrte und klapperte, dröhnte und bebte das gesamte Büro. Und als Liliya kam, mit einem Schrei, der hörbar noch nicht vom Nikotin angegriffen war (»Le mystère des voix Bulgares«), krachte der Balkon des Büros der »Freundinnen des Fischfangs« samt Vogelkäfig und Wäschegestell voll trocknender Kondome in die Tiefe.

Der Mann, der das unwahrscheinliche Pech hatte, sich genau in dem heiligen Moment unter dem Balkon zu befinden, arbeitete für den Geheimdienst. Er hinterließ eine Frau und zwei Töchter und wurde von keiner von ihnen vermisst.

Auch der Vogel im Käfig war sofort tot.

– 1977 –

Am Morgen des fünften März räumten die Bulgaren Trümmer beiseite, und damit waren sie nicht allein. Auch in Rumänien hatte am Abend zuvor die Erde versucht, die Menschheit und all das andere Gezücht, das sich auf ihr breitmachte, abzuschütteln, und mit einer Stärke von sieben Komma irgendwas auf der Richterskala gebebt. Die Karpaten knirschten in den Grundfesten. Die Erschütterungen waren auf dem gesamten Balkan zu spüren, bis in die Moldawische und Ukrainische SSR, und hatten der Welt bewiesen, dass die kommunistischen Bauarbeiter keine Meister im Errichten stabiler Balkone waren. Der Vorsitzende der Rumänischen Kommunistischen Partei, der große Conducător Nicolae Ceaușescu, brach seinen Staatsbesuch beim sympathischen nigerianischen Volk ab, um seinem eigenen in diesem Alptraum beistehen zu können, mit einschläfernden Reden im Staatsfernsehen. Sein Flugzeug war gefüllt gewesen mit Gütern, die von solidarischen Werktätigen der gesamten linksgerichteten Welt gespendet worden waren. Auch Liliya hatte ihr Scherflein beigetragen. Für die an der Ruhr erkrankten afrikanischen Brüder hatte sie sich freiwillig von fünf Meter Büchern von Michail Scholochow getrennt. Konnten sie sich wenigstens anständig den Hintern scheuern.

– 1918 –

In der katzengoldenen Morgenröte des proletarischen Paradieses, als an Liliya und Anton noch nicht im Entferntesten zu denken war, hatten die Kosaken in den abgelegenen Gebieten um Zarizyn, heute Wolgograd, zwei Möglichkeiten, sich fotografieren zu lassen: Die erste bestand darin, ein Weilchen zu sparen, um sich dann samt Familie gestiefelt und gespornt auf den Weg in die nächstgrößere Stadt zu begeben, wo Berufsfotografen in jenen Tagen glänzende Geschäfte machten und die Porträtmaler zur Verzweiflung trieben. Die zweite Möglichkeit war etwas abenteuerlicher, dafür gratis: Man war offen Antibolschewik, diente als Soldat in der Weißen Armee, versuchte, nicht zu den fast zwei Millionen Gefallenen zu gehören, und ließ sich vom Feind gefangen nehmen, den Kämpfern der unüberwindlichen Roten Armee.

Obwohl er genug Geld hatte, entschied ein gewisser Herr Krjukow sich für letztere Option. Das Foto wurde im gut ausgestatteten Gefängnisstudio aufgenommen, um seine Akte mit einem Bild zu versehen, und wenn er gewusst hätte, dass dieses Foto ihn der Nachwelt überliefern sollte, hätte er seinen viel zu zotteligen Kinnbart möglicherweise gestutzt. Dennoch muss er damit gerechnet haben, dass seine letzten Sandkörner womöglich durchs Stundenglas liefen. Lenins und Trotzkis Schergen waren nicht bekannt dafür, gern zu verzeihen, und in ihren Augen stand Mordlust. Dennoch hat dieser Herr Krjukow auf seinem letzten Bild einen liebenswürdigen Blick, mehr Sanftheit als Todesangst liegt darin, als wolle er betonen, dass sein Geburtstag das Fest des heiligen Valentin war.

Besagter Krjukow hatte wenig Vertrauen zum sadistischen Humor der Bolschewiken; der Mann, der ihn verhört hatte und der in wenigen Augenblicken über sein Schicksal entscheiden sollte, war ein vierzehnjähriger Junge! Ein Rotzbengel mit einem Akzent vom oberen Don, wo die Tiere genauso gebildet waren wie ihre Bauern und Metzger. Ein Bürschchen mit einem Gesicht, glatt wie ein Babypopo, wichtigtuerisch in einem Dossier blätternd, das er vielleicht nicht einmal lesen konnte, Zigarette im Mundwinkel mit dem hochmütigen Flair des gerade erst beginnenden Rauchers, seinem Gegenüber arrogant in die Augen blickend. Doch leider wurden die Machtverhältnisse hier nicht vom Bartwuchs bestimmt, und Herr Krjukow erkannte, dass er seine Haut nur retten konnte, indem er diesen Milchbart als Autoritätsperson akzeptierte und jede seiner Fragen demütig und höflich beantwortete. Selbst der Versuchung, ab und zu ein kompliziertes Wort einzuflechten, um den jungen Schnösel in die Schranken zu weisen, widerstand er aus strategischen Gründen. Den kleinen Widerling konsequent mit »mein Herr« ansprechen war seine einzige Rettung. Und so beantwortete Krjukow gehorsam all die albernen Fragen, Geburtsjahr 1870, Geburtsstadt Glasunowskaja, aus Liebhaberei Autor von Novellen und Theaterstücken, die meisten unpubliziert, Soldat in der Weißen Armee, das stimme, er könne und wolle es nicht leugnen, er sei ein Liberaler und habe seine Zweifel an der aggressiven Haltung der Kommunisten. Die Geschichten der Verlierer schienen ihm interessanter.

Ehrlichkeit hat ihren Preis, was die große Verbreitung der Unehrlichkeit auf Erden erklärt. Herr Krjukow versuchte nicht, sich aus der Patsche herauszureden, er wusste, dass seine Antworten ihn Leben und Sonnenlicht kosten konnten. Doch er glaubte nicht an die Überlebenstaktik der Lüge, seine Schuld stand in dieser Vernehmungszelle ohnehin von vornherein fest. Wollte er je nach Glasunowskaja zurückkehren, und das wollte er, musste er sich auf die Strategie der Beichte verlegen, nicht die der Entschuldigung. Seine einzige Chance auf Verständnis lag nach seinem Dafürhalten im unumwundenen Geständnis. Er war Antibolschewik, Punkt.

In der Tat musste der junge Rekrut nölig zugeben, dass die Erschießung die logische Konsequenz eines Lebens war, das sich vor allem in den Dienst des Zarismus und des Kulakentums gestellt hatte. Doch als würde der Rotzlöffel sich nicht wichtig genug fühlen, hätte er bloß ein Todesurteil zu verkünden, fügte er noch hinzu, dass die unpublizierten Manuskripte des Angeklagten vielleicht ein anderes Licht auf diese leidige Angelegenheit werfen könnten. Denn möglichweise, man wisse ja nie, enthielten diese unfertigen Schriften ja überzeugende Geschichten, Ideen, notfalls Satzfetzen, die zeigten, dass er mehr war als nur ein tumber Aristokrat und Speichellecker der Großfürstin Anastasia. Falls Herr Krjukow es übrigens noch nicht wisse, sein großfürstliches Idol sei von der Roten Armee getötet worden. Zunächst habe man versucht, sie zu erschießen, doch die Diamanten in ihrem Mieder erwiesen sich als verteufelt kugelsicher, wodurch man sie ganz altmodisch mit dem Bajonett habe massakrieren müssen. Die altbewährten Methoden seien eben immer noch die besten. Aber das nur am Rande, der junge Spund wollte nur sagen, dass die Weiße Armee völlig besiegt und es darum nutzlos und sentimental sei, noch weiter für ihre Sache zu kämpfen und das eigene Leben zu opfern. Worauf er hinauswollte, war, dass sich in den Papieren des Herrn Krjukow eventuell Passagen befinden könnten, die zeigten, dass der Sonntagsschriftsteller dem Bolschewismus unbewusst mehr zuneigte, als er selbst wusste. Dürften die Herren von der Roten Armee sich diese Manuskripte vielleicht, wenn es nicht zu viel gefragt war, einmal ansehen? Das könne sein Leben retten. Andernfalls, fuhr das Milchgesicht fort, sehe es sich als Vertreter des Volkes leider gezwungen, die Todesstrafe zu verkünden. Doch da der Herr Krjukow wahrscheinlich kein Mieder trüge, werde das immerhin ehrenvoll geschehen, vor dem Exekutionskommando.

Unser Herr Krjukow hatte eigentlich keine Wahl und ließ seine Manuskripte, dessen dickstes den Arbeitstitel *Und still dahin strömt der Don* trug, dem Feind aushändigen. Dem Exekutionskommando entging er tatsächlich; man ließ ihn in der Zelle derart verkommen, dass er an Typhus verstarb.

Der vierzehnjährige Verhöroffizier des Herrn Krjukow war niemand anders als Michail Scholochow, der sich mit dreizehn der Roten Armee angeschlossen hatte. Mit siebzehn sollte er sich aus dem Nichts plötzlich für Literatur interessieren, mit neunzehn sein erstes Buch veröffentlichen. Ein jung gereiftes Talent. Im Jahr 1928 erschien der erste von vier Bänden seines großangelegten Epos *Der stille Don*, für das er im Jahr 1965 den Nobelpreis bekommen sollte.

– 1965 –

Nachdem er seine Raucherkehle geräuspert hatte, begann Scholochow endlich seine Tischrede, die brav und vorhersehbar mit einem Dankeswort an die Schwedische Akademie anhob. Aber, so fügte er sofort hinzu, er freue sich vor allem, dass mit ihm ein Sowjet-Schriftsteller den Nobelpreis erhielt. Er betrachte diese Auszeichnung nicht so sehr als Anerkennung seiner individuellen Verdienste, vielmehr nehme er sie für eine Vielzahl von Schriftstellern entgegen. Daraufhin redete er die königliche Familie in den Schlaf mit seinem Mantra vom sozialistischen Realismus, der Bedeutung von Frieden und Verständigung zwischen den Völkern blablabla, platzierte einen Seitenhieb auf die Avantgardisten und pries sich glücklich, mit seinen Bemühungen der Arbeiterklasse gedient haben zu können. Jeder, der der Menschheit von Nutzen sei, verkündete er pathetisch, habe das Recht, sich »Künstler« zu nennen.

Diese Rede war so schlecht, dass sie wahrscheinlich von ihm stammte. Doch sie war weniger metaphernselig, als seine westlichen Zuhörer wahrnehmen wollten. An dem Tag sprach Scholochow die Wahrheit: Er war tatsächlich eine Vielzahl von Schriftstellern, und ein großer Kreis östlich des Eisernen Vorhangs wusste das. Anton Tscherkesow wusste es. Alexander Solschenizyn wusste es. Und Hunderte andere verfolgte Autoren wussten es auch. Der Betrug war das größte offene Geheimnis der sowjetischen Literatur. Dieser – mittlerweile große – Widerling war ein Nichtskönner, zu dumm zum Milchholen, doch zerfressen von einer Gier nach Ruhm, den viele innerlich leere Geltungssüchtige immer wieder in der Literatur suchen. Ein Charakterschwein, das nichts und niemanden schonte, um nur ja die soziale Leiter emporzuklimmen, die es auch in der klassenlosen Gesellschaft noch gab. Als junger, bis in die Knochen korrupter Abgabenkommissar war er erwischt worden und hätte bestimmt die Todesstrafe bekommen, wenn die Partei keine anderen Pläne mit ihm gehabt hätte.

Denn natürlich kannten sie ihn: den Flegel, der als Halbwüchsiger mit den Bolschewiken gekämpft hatte. Ein völliger Dünnbrettbohrer in allem, von Stelle zu Stelle springend, gierig nach Status und Applaus, doch überall für unfähig befunden. Ein Opportunist, der bereit war, für seine Karriere über Leichen zu gehen, ein notorischer Lügner. Der Status des Schriftstellers war ihm so wichtig, dass er nicht davor zurückschreckte, ihn mit den Manuskripten eines anderen zu bekommen. So einen Lumpen konnte die Partei brauchen, der junge Bursche konnte und musste das Symbol des Siegs des Proletariats werden. Denn was für eine Geschichte! *From zero to hero*, von der Gosse zum Gott! Ein ungehobelter, unkultivierter Sohn von Analphabeten, der es zum gefeierten Autor gebracht hatte! Der Vater ein Schweinehirt, der Sohn zu guter Letzt mehr gelesen und lauter gefeiert als selbst der adlige Leo Tolstoi! Damit konnten die Ideologen arbeiten: die Verkörperung der Aufstiegsmöglichkeiten des einfachen Volkes.

Natürlich brauchte Scholochow nicht selber zu schreiben, das hätte ja auch gar nichts genutzt. Er brauchte den Schriftsteller nur zu spielen, das konnte ja so schwierig nicht sein. Andere sollten das Schreiben für ihn übernehmen. Und so wurde »Michail Scholochow« zum Markenbegriff eines gigantischen, streng geheimen Autorenkollektivs.

Zu seinem Magnum Opus wusste er denn auch nichts zu sagen, in Interviews verweigerte er stets jede Aussage dazu, weil er »schon so oft über das Buch geredet« habe und seine eigenen Worte »über den *Stillen Don* nicht mehr hören« könne. Vermutlich hatte er das Buch jedoch nicht mal gelesen. Sein Schädel, mit etwas gutem Willen ein typischer Schriftstellerkopf, vor allem in der späteren Version mit dem dünnen Schnäuzchen, war ein hervorragendes Aushängeschild. Sein Ruhm im eigenen Land war schlicht fabriziert worden: Die Bücher, die seinen Namen trugen, wurden kanonisiert und verpflichtender Lehrstoff, Schüler in der gesamten kommunistischen Welt mussten sie lesen, wenn sie einen Abschluss bekommen wollten.

Um seine Stellung als Klassiker der sozialistischen Literatur zu unterstreichen, durfte er den allerhöchsten Parteiführer Nikita Sliwowitz Chruschtschow auf seiner USA-Reise begleiten. Gemeinsam kauften sie in der Fifth Avenue Schuhe, mit denen Chruschtschow ein Jahr später bei der denkwürdigen Vollversammlung der Vereinten Nationen wutentbrannt auf sein Pult schlagen sollte. Während der Reise verstanden die beiden sich prächtig, nicht zuletzt aufgrund ihrer gemeinsamen Liebe zur Flasche. Zimmermädchen erzählten, wie die beiden im Hotel soffen und fraßen wie entfesselte Tiere und ihre strenge Interpretation des historischen Materialismus nach dem Vernaschen einiger schwarzer Prostituierter auf Kosten der Völkergemeinschaft sich um einiges lockerte. Vor allem aber lernte der sogenannte Schriftsteller von seinem Parteiführer während der Reise zum Feind die Kunst des Herabwürdigens. Als Vizepräsident des Sowjetischen Schriftstellerverbands sollte Scholochow noch oft dankbar an seinen großen Lehrmeister zurückdenken, wenn er Namen und Ruf echter Schriftsteller öffentlich in den Dreck zog.

Scholochow mochte eine Marionette sein, er war dies auf jeden Fall gern, weil es ihn unantastbar machte. Wer ihm in die Quere kam oder sein fabrikmäßig organisiertes Plagiat an die Öffentlichkeit brachte, verschwand von der Bildfläche. In den Gulag oder irgendwohin, wo die Würmer den Weg besser kannten. Dem schäbigen Manuskriptdieb war es kosakenherzlich egal, dass er den Nobelpreis vor allem deshalb bekommen hatte, weil man die diplomatischen Beziehungen zu Moskau wieder verbessern wollte, die seit der Verleihung der Auszeichnung an den systemkritischen Boris Pasternak ernstlich angespannt waren. Sibirisch kalt – eine Kälte, die er liebte – ließ es ihn, dass man munkelte, er sei nur nominiert worden, weil der Anti-Antikommunist Jean-Paul Sartre im Jahr zuvor den Preis abgelehnt hatte. Was man jetzt brauchte, war ein unverfälschter, echter Kommunist, dem man die Bedeutung des Kollektivs nicht zu erklären brauchte. Und die begriff er tatsächlich, er, Vielzahl von Schriftstellern. Das hier war sein großer Tag. Das wodkasaufende Symbol des Kollektivs war der Mittelpunkt der Erde, ja bald sogar schon des Kosmos, wenn ein Asteroid stolz seinen Namen tragen sollte.

»Schreib uns mal einen schönen, aufbauenden Beitrag über Scholochow in Stockholm und den weltweiten Triumph des sozialistischen Realismus«, hatte man Anton befohlen, und sofort unterbrach er seinen aktuellen Text über kubanische Papageien, die in den Palmen der Schweinebucht ungefragt aus der Mao-Bibel zitierten. Ein schlimmerer Verrat an der Wahrheit als dieser Scholochow-Artikel war einfach nicht möglich.

Journalist, ein größeres Schimpfwort gab es nicht auf der Welt. Es sei denn: Literaturjournalist.

– 2007 –

Im letzten, aber sexuell verblüffend aktiven Teil ihres prall gefüllten Lebens entdeckte Liliya, verwitwete Tscherkesow, die Freuden des Vögelns am Morgen. Insbesondere des Sex um sechs Uhr in der Früh, wenn die Straßen noch nicht nach den Auspuffgasen der aus ihren Nähten platzenden Stadt stanken. Wie alle besseren Entdeckungen hatte auch diese eher zufällig stattgefunden, als sie eine Affäre mit einem verheirateten Mann hatte, den sie liebevoll »Puma« nannte. Ein braver Kerl, immer Fabrikarbeiter gewesen. Wenn sie die Liste ihrer Bettgespielen kurz durchging, war er vermutlich ihr allererster echter Proletarier, ironischerweise ausgerechnet zu dem Zeitpunkt, als all das keine Rolle mehr spielte. Seiner Ehefrau ging es schon seit zwanzig Jahren so schlecht, dass sie jeden Moment das Zeitliche segnen konnte, und aus Respekt vor seiner langwierig sterbenden besseren Hälfte hatte er seine außerehelichen Eskapaden immer geheim zu halten versucht. Der stimulierende Effekt der verbotenen Frucht war eines der aphroditischen Mysterien – also nichts als Vorteile. Und Liliya hatte nicht den geringsten Ehrgeiz, die offizielle Gattin ihres siebenundsiebzigjährigen Pumas zu werden. Sie hatte schon einen Mann, auch wenn der längst abgenagt im Grab lag.

Die zwei Turteltauben waren von ihren Hunden zusammengebracht worden, bei einem Spaziergang im Boris-Park, ehemals »Park der Freiheit«. Denn wie das so geht: Man steht etwas gelangweilt nebeneinander, während die Haustiere sich hitzig von hinten beschnüffeln, und zwischen Herrchen und Frauchen entspinnt sich ein angeregtes Gespräch. Puma hatte einen Wolfsspitz mit einer erstaunlich ergiebigen Verdauung, doch einer Kleinwelpen-Blase, die jeden Morgen vor Sonnenaufgang ein erstes Mal geleert werden musste, und da alte Leute in der Regel Frühaufsteher sind, konnte seine Frau an den Morgenspaziergängen des Gatten nichts Verdächtiges entdecken, auch wenn die ihr ziemlich lang vorkamen.

Völlig in Hochform war Liliyas Puma allerdings nicht mehr. Das Cholesterin, das Herz, der Blutdruck, die Gefäße... all die Wehwehchen, die einen Körper so treffen, der seine besten Leistungen bereits erbracht hat. Da er trotz seines Alters noch jenen Zustand der Erregung erreichen konnte, dem er seinen Kosenamen verdankte, und er in Sachen Herzattacken nicht ewig auf seine Talente als Überlebenskünstler vertrauen wollte, erschien er an Liliyas Bett stets mit einem tragbaren Blutdruckanzeiger. Er wollte sich die posthume Schande ersparen, tot im Bett einer Geliebten gefunden zu werden. Und so checkte er jedes Mal den Blutdruck, bevor das erste Kleidungsstück abgelegt wurde. Waren die Messwerte zu hoch oder zu niedrig, blieben die Kleider am Leib, sie tranken Kaffee (er koffeinfreien), aßen Liebesknochen und diskutierten. Über Bücher. Das heißt: Liliya versuchte, das Thema in diese Richtung zu lenken, doch wenn sie vom Wetter redeten, zeigte Puma entschieden mehr Enthusiasmus. Das hatte sie nun davon, dass sie mit einem echten Proleten was angefangen hatte. Immer wieder ging seine Oberflächlichkeit ihr auf die Nerven, und sie regte sich über seine erschreckende Unbelesenheit auf: »Ist das dein

Ernst, du hast nie Pasternak gelesen? Wie ist das möglich? Was hast du dein Leben lang gemacht? Wie kann man nur so viel geistige Ödnis um sich herum schaffen!«

Scholochow zufolge war Pasternak ein Dichter für alte Jungfern.

Mehrmals fühlte Puma sich derart gedemütigt, dass er beschloss, die Beziehung zu Liliya zu beenden. Er betrachtete die Launen seiner Vormittagsfrau als eine Strafe des Gottes, an den er neuerdings wieder glaubte (seit einigen Jahren war es ja wieder erlaubt), weil er seine hilfebedürftige Frau zu Haus alleingelassen hatte, und setzte im vollen Bewusstsein seiner Schuld einen Punkt hinter seine ehebrecherische Affäre. Die zwei sprachen nicht mehr miteinander, telefonierten nicht mehr, wünschten sich nicht mal mehr »Guten Morgen«, wenn ihre Hunde im Park sie zufällig wieder zusammenführten. Doch länger als zwanzig Wochen hielt Puma seinen kalten Krieg niemals durch. Dann rief er sie an, bettelte um Verständnis und ein neues Treffen, mit Blutdruckwerten, die kurz vorm Infarkt standen. Zwanzig bittere Wochen waren es gewesen, aber er hatte sie genutzt, um zu lesen, in diesem Fall Pasternak, sowohl die Gedichte als auch den berühmten Roman.

Wie auch immer der Blutdruck über den Verlauf des Morgens entschied: Punkt sieben war Puma wieder aus dem Haus; das Nachtgeschirr seiner kranken Frau musste dringend geleert werden. Eine Rückkehr unter die Federn konnte Liliya sich dann nicht mehr vorstellen, also gab sie sich den Rest des Vormittags zwei anderen Lieblingsbeschäftigungen hin: dem Rauchen von Slim-Zigaretten und dem Verfolgen der Nachrichten auf allen möglichen Kanälen. Sie hatte ein eigenes Schimpfwort für jeden einheimischen Politiker und einen Mordsspaß, jeden von ihnen vorm Fernseher auszubuhen, sich über die Europäische Union lustig zu machen, dem Papst die Schuld an einem Viertel allen Elends in der Welt zu geben. Denn was für einen Sinn hatte es, Nachrichten zu sehen, wenn man sich keine Meinung bildete? Ihre unverblümten Ansichten zu den Zuständen in Israel kosteten sie die Verbindung zu ihren jüdischen Freundinnen. Ein schwarzer Tag in ihrem Leben, da besagte Freundinnen, wie schon erwähnt, ihre wichtigste Quelle dreckiger Witze waren. Als dieser Jungbrunnen vitalisierender Schlüpfrigkeiten versiegte, stellte sie sich erstmals der Zahl ihrer Jahre und sagte: »Ich bin alt. Vielleicht ist es langsam wirklich genug.«

– 1961 –

Deprimierend waren die Momente gewesen, in denen die Gerüchte sich als wahr herausstellten. Überall in den Kneipen, Kellern und Mansarden, wo er einst sein Publikum erfreut hatte, raunte man sich zu: Der virtuose Jazzgeiger Sascho Sladura war tot. Befehl No. Zwei Drei Vier. Denn seine Musik, nun ja, Musik, war reaktionärer Unflat. Ein von den Amerikanern erfundenes Getöse, dilettantisch zusammengestoppelt zum Zweck großer Boulevardproduktionen, damit Kommerz und Profitgier auch in der Sphäre der Musen ihr Unwesen treiben konnten. Imperialistischer Scheißdreck. Negerrhythmen, die die weißen sogenannten Modernisten und Intellektuellen aus Snobismus kopierten, um ihre kranken Machenschaften mit der Kultur primitiver Volksstämme auffrischen zu können. Industrielles Gekreisch und Geheul, und wenn es leise gespielt wurde, eine widerliche Soße von Sentimentalität und erbärmlicher Erotik. Die Klangtapete moralischer Verkommenheit, bestimmt für Clubs mit spärlich bekleideten Damen und Kokain schnupfenden Beatniks, der neuen Bourgeoisie. Sascho Sladura war ein Diener der Dekadenz und der Huren, Befehl No. Zwei Drei Vier darum die einzig richtige Antwort.

Zehn Tage hatte der stets muntere und scherzende Geiger im Lager Belene durchgehalten. Am Morgen des elften Tages waren ihm alle Finger mit einer Stahlstange zertrümmert worden. Knochen für Knochen. Und weil er schrie, dass er als Geiger ohne Finger nicht überleben könne, wurde er noch am Nachmittag mit genau derselben Stange aus reinem Mitleid erschlagen.

Sofia war einmal süchtig nach Jazz und Fußball gewesen.

Jetzt gab es Fußball.

Im Balkanpokal schlug Lewski Sofia die Partizani Tirana vier zu null. Hurra!

– 1979 –

Seit er gemerkt hatte, dass diese Vögel fachmännisch auf Denkmäler scheißen wie keine zweite Spezies, hatte Anton damit begonnen, Tauben zu züchten. Er nannte sie liebevoll seine »Kackonauten« und sparte sich in Zeiten des Mangels gern das Essen vom Mund ab, um seiner Luftwaffe kein Gramm Korn vorenthalten zu müssen. Liliya konnte nicht recht verstehen, woher diese plötzliche Begeisterung stammte. Gerade erst hatten sie in einen deprimierenden Wohnblock im Viertel Zaimow umziehen müssen, und zwar genau aus dem Grund, weil es dort so deprimierend war. Natürlich auch, weil die soziale Kontrolle dort stark wirkte. Ein paarmal pro Tag plauderte man dort mit dem eigenen Denunzianten im Fahrstuhl. Außerdem war die Wahrscheinlichkeit groß, dass all diese eilig hochgezogenen Wohnblocks von Anfang an mit Abhörsystemen ausgestattet waren, die staatlichen Geheimdienste brauchten daher nicht mehr einzubrechen, um hinter den Tapeten heimlich Wanzen zu installieren. Fertigwohnungen im Kommunismus waren in der Tat, nun ja, fix und fertig ausgestattet.

Liliya nahm an, mit der absurden Zucht von Geflügel bekämpfe ihr Anton seine Sehnsucht nach einem Garten. Auf seinem kleinen, armseligen Balkon zimmerte er trotz seiner zwei linken Hände einen Taubenschlag, der in Sachen Stabilität und anderer architektonischer Anforderungen die meisten Mietshäuser in Sofia um Längen übertraf, er verschlang alle Literatur über Tauben, die er bekommen konnte, und vergaß tatsächlich das Trinken, wenn er seine geflügelte Armada trainierte.

Neunzehn Tauben musste er haben, diese Zahl war ihm wichtig. Neunzehn Tauben, denen er eine militärische Grundausbildung zukommen ließ. Zum Schlag zurückzufinden war zunächst die wichtigste Anforderung gewesen. Von diesen neunzehn Rekruten wählte er später sechs aus, Antons glorreiche Sechs, die Elite, zu einer höchstklassigen Kackonautenausbildung bestimmt. Den dreizehn ausgemusterten Tauben wurde der Hals umgedreht, und die Nachbarin vom Stockwerk darunter bekam ein unerwartetes Geschenk, als Entschädigung für ihren regelmäßig bekleckerten Wäscheständer.

Selbst auf seinem Balkon stand eine kleine Statue (schielende Madonna mit Kind, ein Erbstück seiner Schwiegerfamilie, später bulgarischer Barock), und die Vögel, die auf dem Kopf dieses Figürchens einen schmierigen Klacks hinterließen, bekamen beim Füttern eine Extraportion. Nach einiger Zeit bekamen Futter nur noch diejenigen, die diese Figur als skatologische Abwurfzone benutzten, der Rest konnte krepieren. Die Taube, die als beste aus diesem strengen Auswahlverfahren hervorging, erhielt den Namen Juri Gagarin, ein Siegertyp, stark an Körper und Geist, bescheiden, viel von sich und anderen fordernd, sich auszeichnend durch scharfe Beobachtungsgabe, hervorragendes Gedächtnis, schnelle Reaktionen, robuste Gesundheit samt der erforderlichen guten und sämigen Verdauung. Diese Taube sollte zum Stammvater einer schier unzähligen Nachkommenschaft werden.

Natürlich hatte Anton mit seinem neuen Spleen wieder die Aufmerksamkeit der staatlichen Geheimpolizei auf sich gezogen. Die Taube, das überholte, jedoch noch immer hervorragend funktionierende Kommunikationsmittel der Spione! Die Deutschen hatten es schon im Ersten Weltkrieg gewusst: Munition sparen, wo immer es ging, nie aber für eine Taube! Massenhaft waren Menschen im Krieg umgekommen, was irgendwie ja auch Zweck der Übung war, zugleich aber waren ganze Taubenrassen komplett vom Erdboden gefegt worden. Wie während Antons kurzer Theaterkarriere wurde das Haus auch jetzt wieder von Agenten auf den Kopf gestellt, auf der Suche nach belastendem Material, zur großen Freude von Liliya, die im Rahmen dieser Aktion ihre verlorene Lesebrille wiederbekam. Doch schon bald wurde man es leid, Antons schmutzige Socken einen nach dem anderen umzustülpen, und sah ein, dass seine Taubenliebhaberei vollkommen harmlos war. Nicht mehr als ein Hobby, mit dem der arme Tropf für ein paar Stunden seine erbärmliche Situation und seinen Leberkrebs vergessen konnte.

Am zwölften April, einem symbolischen Datum der Raumfahrt, wurde die Taube Juri Gagarin im Zentrum von Sofia freigelassen, zu einem hundertachtminütigen Flug über alle Denkmäler, die der bulgarische Führer und Staatschef Todor Schiwkow selbstverliebt hatte errichten lassen. Eine Büste von ihm wurde voll auf die Nase getroffen. Sein »Monument für den Frieden« erhielt eine komplette Ladung, Karl Marx einen kotigen Klecks mitten auf den Bart. Und der Lenin auf dem Todor-Alexandrow-Boulevard (Koordinaten 42° 41' 52.0434" N – 23° 19' 17.2884" E) wurde so zielgenau bekäckert, direkt auf die Glatze, dass er eine tropfende Perücke erhielt. Volltreffer!

Nach seinem Flug wurde dem Kackonauten der eigens gestiftete Anton-Orden verliehen. Unzählige herrliche Täubinnen würde er zur Paarung bekommen, und schon bald würde der Himmel über Sofia sich unter Tausenden von Tauben verfinstern, jede einzelne ausgestattet mit dem Gen der unfehlbaren Scharfkäckereigenschaft ihres Vaters.

Anton hatte schon gedacht, er hätte das Lachen für immer verlernt. Doch an diesem zwölften April brach sein Gesicht auf zu einem Strahlen.

- 1980 -

Applaus ist ein vertracktes Geräusch. Er kann klingen wie Maschinengewehrfeuer, wie Hagelkörner auf einem Gewächshaus, ein Bach, der ungeduldig vom Berg ins Tal hinabtost, noch in dem Glauben, in den Weltmeeren sei alles viel besser. Nur selten stimmt das Geräusch ästhetisch mit dem überein, was es ausdrücken möchte. Bewunderung zollt man am besten mit Stille.

Auch aus einem anderen Grund war der Applaus ein schwer zu deutendes Geräusch, unmittelbar nach dem letzten Konzert, zu dem Liliya und Anton zum Nationaltheater flaniert waren, und zwar nicht aus Liebe zur Langsamkeit, sondern weil ein schnelleres Tempo Antons abgequältem und ausgemergeltem Körper einfach nicht mehr möglich war. Das nach dem Patriarchen der bulgarischen Literatur Iwan Wasow benannte Theater war an dem Abend ausgebucht bis zum letzten Platz für das Comeback von Lea Ivanova, dem bejubelten Star aus den Glanztagen des »Swan-Clubs«, mit einem Publikum, das größtenteils aus eingefleischten Jazzfans bestand, die Ende der fünfziger, Anfang der sechziger Jahre die Nächte in Sofia zu einem rauschenden Fest gemacht hatten. Soweit sie noch da waren zumindest. Während des gesamten Auftritts hatte Liliya die Hand auf dem Knie ihres kranken Mannes gelassen und sich entgegen ihrer Gewohnheit der typischen Melancholie hingegeben, wie sie Ereignisse in einem auslösen, die die Anfänge einer Liebesbeziehung noch einmal vors innere Auge rufen. Die Illusion, die vergangenen Tage physisch spüren zu können. Der Kreis war jetzt beinah geschlossen, beide von der Erkenntnis durchdrungen, dass der Tod Anton schon auf den Fersen war, ja bereits daran leckte. Der schöne Anzug, mit dem er sich zu Gelegenheiten wie diesen immer herausgeputzt hatte, war ihm längst viel zu groß, doch er trug ihn mit Würde, tapfer ignorierend, dass die nächste Gelegenheit, ihn zu tragen, wahrscheinlich sein eigenes Begräbnis sein würde.

Lea Ivanova in concert also. Endlich wieder, nach Jahren der Abwesenheit. Und obwohl es mit Abstand das schlechteste Konzert war, das das anwesende Publikum je erlebt hatte, tobte am Ende aufrichtiger und hemmungsloser Applaus. Auch Anton hatte die erbärmliche Darbietung auf der Bühne als Folter empfunden, doch all seine Kräfte zusammengenommen, um der gefallenen Diva am Schluss mit einer minutenlangen stehenden Ovation demonstrativ Tribut zu zollen.

Lea Ivanova, die Grande Dame des Jazz, war wieder da, zurück von weit her. Nach ersten Karriereschritten in der Combo Slavic Talk war sie zur Ikone geworden, berühmt bis weit über die Landesgrenzen hinaus. War mit Quincy Jones aufgetreten, mit Gilbert Bécaud. Und dann war sie auf einmal verschwunden. Offiziell wusste kein Mensch, wohin. Inoffiziell wusste es darum jeder: ins Arbeitslager. Befehl No. Zwei Drei Vier. Und sie hatte es überlebt.

Sie sah elend aus an dem Abend. Einfach ungesund. Die Art, wie sie sich über die Bühne schleppte, fiel den Ärzten im Publikum auf, man flüsterte, sie habe nur knapp einen Herzinfarkt überlebt. Anton hatte ihr in die Augen gesehen: der gleiche Blick wie der, der ihn jeden Morgen aus dem Rasierspiegel anstarrte. Es war zu Ende, auch sie würde nicht mehr lange leben. Vielleicht würden Anton und sie auf dem Friedhof ja gute Nachbarn.

Die Lieder, die sie an dem peinlichen Abend im Iwan-Wasow-Theater zu Gehör brachte, erinnerten in nichts an den beschwingten, lebenslustigen Jazz, der ihr ein treues Publikum bedingungsloser Verehrer beschert hatte. Folkloristischer Schund war es. Pathetisches, tränendrüsiges Zeug für die Massen, aus dem sogenannten »Bulgarischen Volksliederbuch« für Bäuerinnen und Gurkenzüchter. Schnulzige Begleitmusik zum Abwaschen. Sie hatten die Künstlerin, dieses feindliche Element, in die Mangel genommen, bis sie kapitulierte.

Für Anton war es ein – wenn auch magerer – Trost, zu sehen, dass die Starken und Aufrechten, die anders als er den Mut gehabt hatten, auf ihren künstlerischen Überzeugungen zu beharren, ja sich nicht mal vom Märtyrertum in den Lagern abschrecken ließen, zu guter Letzt doch überliefen. Am Schluss wurde jeder gebrochen. Gut, Lea Ivanova erhielt unausgesprochenen Respekt für das, was sie durchgemacht hatte, einen Respekt, mit dem Anton nicht rechnen durfte. Das Endergebnis jedoch war für beide dasselbe: Mit oder ohne Lager als Zwischenstation, zuletzt hatten sie sich den Wünschen der Partei gebeugt. Er mit seinen blödsinnigen Artikeln, sie mit ihrer verkitschten Musik.

Applaus ist ein vertracktes Geräusch, unter anderem, weil man nie weiß, wie man ihn deuten soll. Die Interpretation, die die offizielle Presse dem frenetischen Beifallssturm gab, lautete, dass Lea Ivanova eine lange musikalische Irrfahrt hinter sich hatte: Über holprige Pfade sei sie gegangen, habe oft den falschen Weg eingeschlagen. Doch stets habe sie den Mut gezeigt, sich in Frage zu stellen, weiter zu suchen, um zuletzt, nach vielen, zum Teil exzentrischen Experimenten, endlich nach Hause zu kommen. Worauf das aus Kennern bestehende Publikum mit dankbarem Applaus reagiert habe.

- 1981 -

Anton hatte seinen ungleichen Kampf gegen den Krebs verloren. Mager und gelb wie ein Safranfaden war er dem Leben entglitten. Seine letzten Worte waren unverständlich gewesen, zur großen Verbitterung Liliyas, die eine gepflegte Aussprache schätzte. Und weil das Schicksal sich immer auf die Seite des Kommunismus stellte, war Antons Tod in genau der Nacht eingetreten, in der Bulgarien sein tausendjähriges Bestehen feierte, so dass er vom Sterbebett aus zusehen musste, wie die Partei der Welt mit Knallern und Feuerwerk verkündete, dass das nächste bulgarische Jahrtausend ohne ihn anfangen würde.

Da die Kosten für die Versorgung des Vogels Liliya zu hoch wurden, landete Juri Gagarin bald nach der Beerdigung im Kochtopf.

Tags darauf bekam sie die Nachricht, dass das Auto, das Anton sieben Jahre zuvor bestellt hatte, vom Fließband gerollt war und abgeholt werden konnte. Insgesamt also doch noch recht schnell.

Eine siebenunddreißigjährige Witwe genießt das bisweilen zweifelhafte Vergnügen, von einer großen Schar Männer getröstet zu werden, Männer, die, von nichts als Nächstenliebe getrieben, der alleinstehenden Frau in Dingen beistehen möchten, die vor allem von ihnen mit dem Etikett »männlich« versehen werden. Ein Kerl nach dem anderen bot sich Liliya an, Aufgaben für sie zu erledigen, die Muskelkraft oder einen Farbpinsel benötigten. Sie durchschaute diese Charmeoffensiven, ließ sie sich aber bereitwillig gefallen. Sie genoss das liebedienerische Getue, die devoten Schmeicheleien und pries sich glücklich, erstens die Schönheit der Mutter geerbt zu haben und zweitens mit dieser Schönheit den Künsten dienen zu können. Die gesamte jüngere bulgarische Malerei hatten Liliyas Brüste geprägt, da sie mit Begeisterung Modell stand. Zudem war sie ein wandelndes Projekt zur Förderung des Lesens, da kein Mann sich eine Chance bei ihr ausrechnen konnte, der nichts über Literatur zu sagen wusste.

In dieser Hinsicht war die markanteste jener Figuren, die da auf einmal so häufig und kaum verhohlen läufig Liliya die Aufwartung machten, ihr Schwager gewesen. Arbeiter in einer Dosenfabrik. Wenn sie die Brille absetzte, glich er körperlich seinem verstorbenen Bruder, doch damit war das Positivste über ihn auch schon gesagt. Dreckige Witze kannte er auch, konnte sie aber nicht gut erzählen. Er war geschmacklos gekleidet, stets schlecht rasiert, und seine Achseln trugen diensteifrig bei zur typischen Duftmarke des proletarischen Staats. Außerdem – und jetzt kommt's: Er war Analphabet! Für Liliya ein Rätsel, wie der Bruder eines talentierten Schriftstellers des Schreibens unkundig sein konnte, wie diese beiden Extreme im Stadium ihrer frühesten Entwicklung am selben Eierstock gebaumelt haben konnten.

Die ersten vierzehn Tage nach dem Tod seines Bruders hatte er jeden Tag bei ihr in der Küche gesessen, der frischgebackenen und bereits heftig bedrängen Witwe Trost spendend, für seinen entschlafenen Bruder jedoch selbst auch Trost suchend. Liliya verstand das Ganze nicht recht, schließlich war der Schwager zu Antons Lebzeiten nie öfter als dreimal pro Jahr zu ihnen gekommen. Viel Zuneigung hatten die Brüder offenbar nicht füreinander empfunden; das einzige Gesprächsthema, das ihnen vorübergehend zu einer gewissen familiären Verbundenheit verhalf, waren die Tore und meisterhaften Freistöße des nationalen Fußball-Idols und Lewski-Stars Pawel Panow. Das war das Sakrale am Fußball: Er war eine höhere Form der Ästhetik, die von Analphabeten und Intellektuellen gleichermaßen geliebt und diskutiert werden konnte.

Nach einem Monat hatte der Schwager seinen Schmerz überwunden und ihr einen etwas linkischen Heiratsantrag gemacht (»Wäre es nicht schön, wenn die Familie in der Familie bleibt?«), nahm die hierauf folgende Abfuhr mit der Gleichmut eines Mannes entgegen, der immer Junggeselle geblieben und einigermaßen erfahren im Einstecken von Zurückweisungen war. Hierauf reduzierte er – irgendwie doch leicht verstimmt – seine Besuche auf dreimal die Woche, was für Liliya immer noch drei Besuche zu viel waren. In der Hoffnung, ihn damit loszuwerden, steigerte sie ihre Monologe über Literatur, sowohl was die Begeisterung als auch was die Menge anging, hielt Vorträge über die Entwicklung der russischen Filmkunst, beschrieb in komplizierten Formulierungen die jüngsten Gemäldeausstellungen der Stadt. Doch der Schwager ließ sich nicht irritieren, nickte, wann immer er dachte, dass dies angebracht sei, aß inzwischen mit Appetit die Schüssel Liebesknochen leer und ging, wenn das Olivenöl wirkte, auf die Toilette, wo er der Menschheit und der Welt der Literatur zuletzt doch noch wertvolle Dienste erwies. Da er nicht lesen konnte, stellte er sich auch niemals Fragen zur Art des Toilettenpapiers.

Genau ein halbes Jahr nach dem Tod seines Bruders machte er, als wahrer Masochist, Liliya einen zweiten Heiratsantrag, und als auch dieser, wie zu erwarten, abgelehnt wurde, zog er seinen größten Trumpf aus dem Ärmel und sagte: »Ich habe ein Buch geschrieben.«

– 2013 –

Liliyas Vulva – so ihre eigenen Worte – war ein Vulkan: Jahrelang konnte sie friedlich im Slip vor sich hin schlummern, doch einmal erwacht, rumorte es heftig. Auch im Alter begann für sie der perfekte Tag noch immer um sechs Uhr in der Früh, wenn ihr Puma einen Blutdruck von 120 zu 90 vorlegen konnte und nach der sexuellen Morgengymnastik die ersten Nachrichten des Tages Anlass zum Beschimpfen der bulgarischen Polit-Mafia boten, wodurch die postkoitale Befriedigung gewissermaßen noch ein wenig verlängert wurde. Danach musste sie lesen und rauchen, worauf sie erneut zetern konnte, diesmal auf die Flut an literarischem Schund, der tagtäglich den freien Markt überschwemmte. Diese angeblich tabubrechenden Bücher voll schlappem

Hausfrauen-SM, die im Herbst ihres Lebens auf einmal die Bestsellerlisten stürmten, waren für sie »rührende Kinderliteratur«. Die Versuchung war groß, dies erst immer auf die Übersetzung zu schieben, doch bei näherem Hinsehen stellte man fest, dass die Machwerke einfach nichts taugten. Wenn das ihr Anton erlebt hätte, was für ein Mist jetzt verkauft werden durfte und seinen Erzeugern goldene Betten bescherte! Er würde aus seinem Grab auferstehen, auf dass der Gestank der Verwesung die gesamte Buchbranche quälte.

Kettenrauchen hat den sportlich-gesundheitsfördernden Effekt, dass der Abhängige regelmäßig vor die Tür muss, um seinen Vorrat an Teer und Kohlenmonoxyd zu erneuern. Ein Keller voll gehamsterter Tabakwaren wäre für Liliya das Paradies auf Erden gewesen, doch leider war die bulgarische Rente für auf Vorratshaltung eingestellte Bürger bei weitem zu mager bemessen.

An einem perfekten Tag im Alter spazierte sie darum in die Innenstadt, um Zigaretten zu kaufen, und ihr Hund Antoine de Saint-Exupéry IV. pisste unterwegs ans Hotel »Balkan«, ein klobiger Kasten stalinistischer Bauart, wo einst in so ziemlich jedem Winkel abgehört worden war, in den

Matratzen genauso wie im Abfluss der Wanne, und wo man seit Herankunft des Kapitalismus die düstere Zeit durch unverschämte Preise unter den Teppich zu kehren versuchte. Die der Bespitzelung dienenden Wanzen waren inzwischen aus den Matratzen verschwunden, was mancher treue Hotelgast bedauerte, der auf einmal mit Rückenschmerzen zum Frühstück gehen musste.

Intelligente Menschen lassen sich nicht abrichten, intelligente Hunde schon, alle anderen Unterschiede zwischen Mensch und Hund, insbesondere dem Boxer, sind vergleichsweise nebensächlich. Wie seine Vorgänger Antoine de Saint-Exupéry I., II. und III. wusste auch Antoine de Saint-Exupéry IV., dass er für das Pissen an ehemals kommunistische Gebäude mit einer Extraportion Wurst belohnt wurde. Hob er sein Beinchen vor dem Denkmal zu Ehren der Sowjetarmee, erhielt er zur Belohnung sogar ein Steak!

Dauerte das Glück des idealen Tags noch etwas länger, konnte Liliya auf dem Rückweg unverhofft ein paar Werke Scholochows zum Spottpreis ergattern und danach in einem Museum oder einer Galerie vorbeischauen. Vor einem der riesigen Schinken, natürlich einem Akt, wischte sie sich dann ein Theatertränchen aus dem Augenwinkel und sprach den erstbesten Besucher im Ausstellungsraum an: »Das sind sie. Das sind meine. Meine Brüste. Die linke, da, und die rechte. Es tut gut, sie wiederzusehen, denn heute ist mit ihnen nicht mehr viel los. Sie haben einen schwierigen Sohn und die Hälfte der modernen bulgarischen Malergilde gesäugt. Und das trotz einer Mutter, die für ihr Kind keinen Tropfen Milch aufbringen konnte.«

Ihre stolzen Rundungen waren auf unzähligen Gemälden verewigt: Fest, nicht zu voluminös, dabei verspielt und sinnlich. Ganz im Gegensatz zu anderen Körperteilen, die derber wiedergegeben werden mussten, um dem Regime zu behagen. Vor allem ihre Hände wirkten auf den Bildern oft grob und klobig. Pranken zum Zupacken. Klauen, die in Konservendosenfabriken nützlich wären. Das Gesicht eines Modells durfte auch nicht zu intelligent dargestellt werden, ganz zu schweigen von aristokratisch, im Zweifelsfall lieber ausgesprochen dumm. Dummheit, die in Konservendosenfabriken noch nützlicher wäre. Dennoch schimmerte ihre verschwundene Schönheit durch jede Farbschicht. Es war eine Freude gewesen, sich für die Meister zu entblättern, und das Wiedersehen mit den Werken erinnerte sie an die fröhliche Ausgelassenheit in den Ateliers, vor allem in den Momenten, wenn der Maler den Pinsel sinken ließ, um der Farbe eine Pause zum Trocknen zu gönnen.

In Künstlerkreisen war Liliya ein Begriff gewesen. Die übermütigste und frivolste Muse der Künste. Die berühmtesten Maîtres hatte sie mit ihrer Anatomie erfreut, doch auch den weniger Begnadeten hatte sie in allen möglichen, doch stets lebenslustigen Posen Modell gestanden.

Und jetzt? Jetzt, wo man endlich malen durfte, was immer man wollte und wie man es wollte, jetzt wurde nichts mehr gemalt. Zumindest nicht in Sofia. Mit größter Mühe versuchte Liliya, in den Galerien etwas Relevantes zu finden, aber vergebens. Es gab mehr Vernissagen als Künstler. Außerdem hatte das unvermeidliche Verwelken ihres Körpers ungefähr mit dem Heraufkommen der Demokratie eingesetzt, keiner der nun nicht mehr gegängelten Künstler lud sie noch in sein Atelier.

Das ruhmlose Ende eines kunstsinnigen Paars Titten. Der Einzige, für den Liliya ihre Vorderfront noch entblößte (sie selbst sprach von »ausgequetschten Zitronen«), war ihr uralter Puma. Er musste seinen Blutdruckanzeiger im Auge behalten, wenn er zärtlich in ihre Früchte hineinbiss. Doch er las seine Klassiker nicht. Und er konnte nicht malen.

- 1981 -

Liliyas Schwager war tatsächlich Analphabet. Nicht mal seinen Namen konnte er schreiben. Und das in einem Land, wo die Schrift am 24. Mai ihren eigenen Feiertag hatte, den »Tag des kyrillischen Alphabets«, an dem kein Mensch arbeiten musste und sich stattdessen jeder in Bibliotheken vergnügen durfte. Von allen dreißig in Bulgarien verwendeten Buchstaben kannte er keinen einzigen, und auf einmal wollte dieser arme Irre ein Buch geschrieben haben!

Er selbst, sagte er, sei auch ein wenig erstaunt gewesen, und er habe all seinen Mut zusammennehmen müssen, es jemandem zu erzählen, denn im Grunde sei es natürlich ein Wunder, und das könnte die Partei ja eventuell als was Verbotenes sehen.

Es sei aber nun einmal so, dass er seit einiger Zeit jede Nacht Texte träumte. Die Worte erschienen glasklar und deutlich, inklusive Kommas und Punkten, in schwarzen, handgeschriebenen Buchstaben auf weißem Grund. Frustrierend natürlich für einen Analphabeten. Woher sie kämen? Er wisse es nicht. Viele seiner früheren Träume habe er ja erklären können. So habe er einige Zeit ständig von Fabrikschornsteinen geträumt, was sich ziemlich leicht als erotisches Verlangen habe entschlüsseln lassen, wie sich auch jedes Mal beim Wachwerden gezeigt hätte. Wenn er als Analphabet jetzt jedoch ganze Satzperioden träume, jedenfalls nehme er an, dass es Satzperioden seien, dann stoße sein Traumdeutertalent an seine Grenzen. Weil die Buchstaben in seinen Träumen ihm nun aber derart deutlich vor Augen träten und er sich nach dem Erwachen noch an die Form jedes einzelnen erinnern könne, habe er sich angewöhnt, Stift und Papier auf sein Nachtschränkchen bereitzulegen. Stift und Papier, Herrje, alles Dinge, die er nie im Haus gehabt und sich extra habe besorgen müssen. Tag für Tag schreibe er die Wörter aus seinen Träumen auf. Oder vielmehr: Er male sie ab.

Liliya interessierte sich nur mäßig für diese ungelenke Erfindung, den lächerlichen Verführungsversuch eines hoffnungslosen Idioten. Übrigens erinnerte es sie zu sehr an die Geschichte des Propheten Mohammed, ebenfalls Analphabet, der dennoch zum Aufzeichner des Korans geworden sein soll. Kenne der Schwager die Überlieferung, wonach die Zweifel, ob er nun Dichter oder schlicht übergeschnappt sei, diesen Propheten beinah zum Selbstmordversuch getrieben hätten? Sie halte es für ihre entschiedene Pflicht, dem Schwager die Gefahren diktierender Träume vor Augen zu führen.

Ihr Schwager entgegnete, er sei vielleicht verrückt, seine eigene Mutter hatte es jedenfalls bis auf dem Totenbett immer behauptet, die Tatsachen aber seien trotzdem wie von ihm geschildert: Er sei der treue Protokollant seiner Träume. Und weil er es leid war, sich als unfähiger Frauenverführer behandeln zu lassen, der er in Wirklichkeit natürlich war, holte er aus seiner Tasche den harten Beweis: einen dicken Stapel beschriebenen Papiers. Wenn Liliya die gelehrte Aufmerksamkeit bitte kurz einmal hierauf richten würde? Er sei nämlich mächtig neugierig auf den Inhalt seines Geschriebenen.

Sie warf nur einen flüchtigen Blick darauf, ein Höflichkeitsnicken, um den armen Teufel nicht unnötig zu verletzen. Schließlich trug er keine Schuld an seiner angeborenen Knallköpfigkeit. Plötzlich jedoch wurde ihre Aufmerksamkeit von der Handschrift des Schwagers gefangen genommen, die trotz der unerfahrenen Motorik des Schreibers graphologisch starke Übereinstimmungen mit der ihres Antons aufwies. Der gleiche sanfte Kuss der Feder auf dem Papier. Die gleichen winzigen, doch gleichwohl gut lesbaren Buchstaben. Die gleiche Neigung der Zeilen auf den unlinierten Blättern. Liliya fand es frappierend, wie sehr Verwandtschaft sich auf so etwas wie eine Handschrift auswirken konnte, und ihr fiel wieder ein, dass sie in den gut verwahrten Liebesbriefen ihrer Mutter ebenfalls Merkmale ihrer eigenen Krakel wahrgenommen hatte.

»Du bist Linkshänder, sehe ich. An einigen Stellen hast du die Tinte verwischt.«

Das könne sein. Auch der Unterschied zwischen links und rechts sei ihm eigentlich nicht richtig klar. Man habe es ihm zwar ein paarmal erklärt, aber er könne es sich einfach nicht merken.

»Wovon handelt es?«, wollte er wissen. »Ist es gut? Kann man es veröffentlichen?«

Ein Analphabet, der fragte, ob man sein Gekritzel veröffentlichen könne. Was denn jetzt noch alles?

»Selbst wenn es gut wäre, eine Veröffentlichung wird es trotzdem nicht geben. Hast du's immer noch nicht begriffen? Die Aufschrift auf deinem Ausweis kannst du natürlich auch nicht lesen, aber da steht, dass du in der Volksrepublik Bulgarien lebst. Sagt dir das irgendwas? Oder braucht so ein Arbeiter in einer Dosenfabrik überhaupt nichts mehr zu wissen?«

Er ignorierte die Beleidigung und wiederholte seine Frage: »Wovon handelt es?«

Sie machte sich nicht die Mühe, es zu lesen. Sie hatte verwundert die Handschrift betrachtet, festgestellt, dass es sich um echte und korrekt geschriebene Wörter handelte, doch wirklich in den Unsinn vertieft hatte sie sich nicht. Um sich sein Gequengel vom Hals zu schaffen, antwortete sie: »Es sind Liebesgedichte. Dadaistische Liebesgedichte.«

»Das dachte ich mir schon«, erwiderte er, nicht wagend, nach der Bedeutung von »dadaistisch« zu fragen. »Liebesgedichte« hatte beruhigend geklungen, das Adjektiv war jetzt nicht mehr so wichtig.

Als Klopapier benutzte Liliya weiter die Werke Michail Scholochows, an diesem Prinzip wurde nicht gerüttelt. Doch womit sie heute Abend ihren Ofen anzünden würde, stand nach diesem Gespräch auch schon fest.

– 1974 –

Liliya und Anton brauchten das Auto nicht sofort, aber darum ging es auch gar nicht. Weil die Wartezeit auf einen Wagen sieben bis zehn Jahre betrug, ging es vielmehr darum, ob man irgendwann im Jahr X vielleicht ein Auto brauchen *könnte*. Das war ja das Schöne am Sozialismus, er zwang die Menschen, an die Zukunft zu denken. Von Automobiltechnik verstanden weder Liliya noch Anton etwas, weil sie dazu einfach zu intelligent waren. Um zu wissen, wie ein Vergaser funktionierte und wie eine Saugrohreinspritzung, musste man kreuzblöd sein. Auf jeden Fall half es. Zumindest Liliya zufolge, die in ihrem reichen Menschenarchiv gekramt und dabei festgestellt hatte, dass alle ihr bekannten Autonarren und -mechaniker, wenn nicht komplett hirnamputiert, dann zumindest sehr simpel waren, und sie riet ihrem Mann, sich bei der Wahl seines Fahrzeugs von seinem schreibunkundigen Bruder beraten zu lassen, der in der Tat ab und zu höchst wichtigtuerisch den Kopf unter eine Motorhaube steckte, mal zupackend, mal feinfühlig, wie ein zum Automechaniker umgeschulter Gynäkologe, und sich aufführte, als würde er mit dem Schraubenzieher den Lauf der Geschichte verändern.

Die Anschaffung des ersten Autos ist für den Laien ein einschneidendes Ereignis, an emotionalem Wert zu vergleichen vielleicht nur mit dem Tag der Trauung, und so trug Anton seinen besten Anzug, als er am bewussten Nachmittag seinen Bruder um Rat fragte. Und der war eindeutig in seiner Belehrung: Kauf dir keinen Lada! Denn was war die Betriebsanleitung dieses Autos? Richtig: das vereinigte Kursbuch von Bussen und Bahnen! So habe man es ihm zumindest erzählt; denn weder Betriebsanleitung noch Fahrpläne konnte er ja lesen. Stattdessen riet er seinem Bruder zu einem Trabant, dem Standard-Modell 601. Er persönlich sei ja mehr für die schönere Variante des 601 Hycomat, aber die war ausschließlich für linksseitig amputierte Fahrer bestimmt und durfte nicht an Genossen verkauft werden, die das Pech hatten, vollkommen unbehindert am Straßenverkehr teilnehmen zu müssen. Außerdem: Habe der liebe Herr Bruder schon mal das Foto von der Gruppe Unzufriedener gesehen, die mit einem Trabant in den Westen flüchten wollten? Dumm natürlich, denn im Westen ging alles unter, selbst die Sonne. Doch wie dem auch sei: Dreiundzwanzig Leute habe man in den Trabant bekommen – dreiundzwanzig! Der Fluchtversuch hatte in einem Fiasko geendet, die Unglücklichen wurden erschossen, wohl aber war ein für alle Mal bewiesen: Der Trabant war ein unschlagbarer Familienwagen! Danach hielt der Bruder es noch für seine Pflicht, Anton auf die Existenz des 601 Sonderwunsch hinzuweisen, eine Perle automotiver Technik, die im Gegensatz zum 601 Standard über Nebelscheinwerfer, weiße Rücklichter und einen Kilometerzähler verfügte. Nebelscheinwerfer jedoch schienen Anton eine kapitalistische Verführung; er hatte schon Ärger genug mit den Wächtern der sozialistischen Sitten. Außerdem konnte er seine Kilometer immer noch selbst zählen, dafür brauchte er keinen raffinierten technischen Schnickschnack. Nur fünf Ausstattungsmerkmale waren ihm wichtig: vier Räder und ein Aschenbecher. Damit war die Entscheidung getroffen, und gemeinsam gingen sie zur örtlichen Agentur des Autoherstellers, um den 601 Standard zu bestellen. Die Farbe konnte man sich nicht aussuchen, um dem Kunden das Leben zu erleichtern, übernahm das der Hersteller für einen, doch angesichts seiner dissidenten Vergangenheit konnte Anton sich wohl besser auf eine kackbraune Karosserie einstellen. Nun ja, er würde es zu gegebener Zeit schon noch sehen.

Die Bestellung wurde weitergeleitet, und Anton konnte das Angebot seines Bruders schlecht ausschlagen, das freudige Ereignis mit einem Gläschen Rakia zu feiern. Eine halbe Flasche später waren sie sich einig darüber, dass die kurze Schwangerschaft einer Frau für den Menschen nicht gut ist; auf die Ankunft eines Autos konnte man sich mindestens sieben Jahre lang mental vorbereiten, und so brauchte es nicht zu verwundern, dass die bulgarischen Männer bessere Fahrer als Väter waren, auch wenn sie ihre Wagen hin und wieder zu Schrott fuhren. Als die Flasche komplett niedergemacht war, kam Anton zu einer noch tieferen Erkenntnis und warf einen Stapel beschriebenen Papiers auf den Tisch. Sein Bruder blickte ihn an und fragte: »Was soll ich damit? Du weißt doch, ich kann nicht lesen.«

»Genau darum. Das hier ist mein Lebenswerk, alle Gedichte, die ich jemals geschrieben habe. Niemand weiß davon, auch nicht Liliya. Veröffentlichen kann ich es nicht. Bei mir aufbewahren auch nicht, alle paar Monate dreht die Staatssicherheit bei mir jeden Salzstreuer um. Bei dir werden sie nicht suchen, du bist Analphabet. Darum möchte ich dich um diesen großen Gefallen bitten: Könntest du den Stapel hier für mich aufbewahren, bis sich die Zeiten geändert haben und die Lyrik sich wieder ans Licht trauen darf?«

Die Verabredung wurde einfach besiegelt: mit einer zweiten Flasche Rakia. Anton konnte sein Glück kaum fassen: Er ging schwanger mit einem Auto, und sein Lebenswerk war in Sicherheit.

– 1990 –

Da war sie also: die Freiheit. Die Freiheit zu gehen, wohin auch immer man wollte. Die Freiheit zu schweigen und die Freiheit zu schreiben. Die für unerschütterlich gehaltene Berliner Mauer war gefallen wie ein maroder Balkon, zweifellos bulgarischer Bauart, und der gesamte Flickenteppich der kommunistischen Länder hatte sich im Handumdrehen zum Kapitalismus bekehrt. Dies war, wonach alle sich so lang gesehnt hatten. Die Leute liefen durch die Straßen, die ersten Tage noch tanzend und trunken, doch nach einiger Zeit wieder genauso wie früher, also nur noch betrunken. Man hatte die Freiheit des Denkens und die Freiheit der Rede, doch der Verstand blieb, wie er war, und die meisten Leute blieben in ihrem täglichen Kleinkram gefangen, wie überall auf der Welt. So ist der Mensch. Eine Interimsregierung jagte die nächste. Das Wort »Hyperinflation« tauchte mit einem Mal auf, in Kreuzworträtseln, beim Scrabble, in Zeitungen, und jeder verstand es, die Analphabeten vielleicht noch am schnellsten. Um sich im ersten Winter wärmen zu können, verheizte Liliya die Erbstücke ihrer ruhmreichen Familie. Die Louis-Quinze-Kommode, der Louis-Seize-Klapptisch, der holländische Eckschrank und der Empiresekretär halfen ihr ohne blaue Zehen in den März. Die ganze Wohnung hatte nach verbranntem Klarlack gestunken. Zum Glück hatte die Sonne das Land in dem Jahr unverhofft früh gesegnet, sonst hätte sie auch noch die Rahmen der Renaissancegemälde in den Ofen werfen müssen, in den Stunden, in denen sie sich nicht an Männern wärmen konnte zumindest. Doch auch das gestaltete sich zunehmend schwierig: Niemand nahm sich mehr Zeit für die Liebe, ständig musste gearbeitet und Geld verdient werden. Die Möglichkeiten, einen Verein wie die »Freundinnen des Fischfangs« zu gründen, gehörten der Vergangenheit an. Ihre Antiquitäten zu verhökern hatte keinen Sinn. Die Leute wollten keine antiken Möbel mehr, jetzt, wo sie moderne bekommen konnten. In ein paar

Minuten Wärme umsetzen war fortan der größte Wert dieser Monstren. Kleinhacken also und in den Ofen damit!

Ihr bescheuerter Schwager hatte seine Stelle verloren, da auch Konservendosenhersteller die Peitsche des Fortschritts spürten und sich das Mantra des Kapitalismus zu eigen gemacht hatten: umstrukturieren, verschlanken. Mittlerweile spielte er auf der Straße Mundharmonika, hauptsächlich vor den Eingängen der allmählich wieder sich füllenden Kirchen. Und weil er das so rührend schlecht tat, wurden ihm von mitleidigen Seelen, von denen es zum Glück immer noch einige gab, erkleckliche Mengen an Münzen in den Hut geworfen. Man musste es zugeben: Mit dem Geröchel seines verrosteten Blasinstruments verdiente er mehr als der talentierte Roma am Eingang der Metrostation Obelja mit seinem Akkordeon. Musikunterricht nehmen wäre unter diesen Umständen ein Fehler gewesen. Sobald er ein paar Stotinki investieren konnte, würde er sich einen noch verrosteteren, noch falscher klingenden Fotzhobel kaufen.

Dass das liederliche Liebesleben der Bulgaren nur noch eine Fußnote in den Geschichtsbüchern war, hatte selbst er, die ewige Jungfrau, begriffen. Und da die Schwägerin mittlerweile erotisch darum völlig ausgedörrt sein musste, nahm er die selbstquälerischen Versuche, sie für sich zu gewinnen, wieder auf und besuchte sie erneut regelmäßig, wie er es kurz nach dem Tod seines Bruders getan hatte. Zwei- bis dreimal pro Woche. Es war eine Lust, sich von ihr nach allen Regeln der Kunst demütigen zu lassen, mit Ausdrücken wie Maulesel, Proll, Pudelpimmel, Affenschiss. Erst jetzt begriff er, wie sehr ihre Tiraden ihm gefehlt hatten, und er wäre der glücklichste Mensch auf der Welt gewesen, wenn sie ihn geheiratet hätte und er tagtäglich ihren verächtlichen Blick auf sich hätte spüren können. Aber sie biss nicht an und steigerte lediglich die Intensität ihrer Beschimpfungen, was immerhin ein kleines Trostpflaster war.

Ihren Schwager definitiv vor die Tür setzen konnte sie nicht, schließlich war er immer noch der Onkel ihres Sohns, und der war, Gott sei's geklagt, geradezu vernarrt in ihn, weil seine Dummheit ihn amüsierte. Der Schwager indes entschied sich für taktisches Vorgehen, ließ längere Intervalle zwischen den Heiratsanträgen verstreichen, um sie später mit frischen Kräften erneut zu bestürmen. Einen Trumpf hatte er nämlich noch in der Hinterhand: die Texte, die sein Bruder ihm seinerzeit anvertraut hatte – jetzt war die Zeit bestimmt reif, sie zu veröffentlichen. Also fragte er eines Tages: »Liliya, den Stapel Papiere, den ich dir damals gegeben habe, du weißt schon, die Texte, die ich aus meinen Träumen kopiert hatte – hast du die noch?«

Ihre Antwort genügte, ihn auf immer davonzujagen. Mit ihm verlor sie nicht nur einen triefäugigen Verehrer und Hochzeitskandidaten von der traurigen Gestalt, nein, *er* wollte sie nie wieder sehen, nie mehr mit ihr sprechen. Endlich hatte das hochnäsige Luder sein Ziel erreicht, und sogar früher als erwartet: Liliya hatte ein komplettes literarisches Œuvre vernichtet. Doch es war nicht das Michail Scholochows gewesen.

– 2015 –

Wer unter einem Hagel von Bomben geboren worden war, musste auch aus dem Sterben etwas Besonderes machen, es durfte nicht einfach so, ohne Klasse geschehen. Liliya glaubte fest an die Kraft des Willens: Wenn sie der Meinung war, sterben zu müssen, würde sie sterben, weil sie es so wollte. Und sie wollte. Es war genug. Ihr letzter Liebhaber Puma war ihr in die große Düsternis vorausgegangen und teilte als ewig braver und treusorgender Ehemann das Grab mit seiner gesetzlichen Gattin. Aus Liliyas Traum, inmitten einer trauernden Schar von Liebhabern der kompostierenden Erde überantwortet zu werden, war nichts geworden, sie hatte sie allesamt überlebt. Zeit, zu Ende zu bringen, was einundsiebzig Jahre zuvor begonnen hatte, in einem Keller zwischen Tomaten, Girlanden von Schweinswürsten, Puccini-Platten und Perlen der europäischen Malerei. Liliya Dimowa: Unter dem Faschismus die ersten Krabbelversuche gemacht, unter dem Kommunismus laufen gelernt und unter einer unfähigen demokratisch gewählten Regierung das stilvolle Hinken. War das als Zusammenfassung ihres Lebens genug? Für ihren Geschmack schon.

An ihrem letzten Tag hatte sie getreu ihrer Gewohnheit zuerst noch Nachrichten gesehen. Konnte sie sich noch ein Mal amüsieren, alles und jeden beschimpfen. Die Bulgaren flüchteten nicht mehr aus dem Land, zumindest nicht mehr aus ideologischen Gründen, nein, jetzt waren es andere, die zu ihnen fliehen wollten. Keine Kosovaren diesmal, sondern arme Teufel aus Syrien, auf der Flucht vor einem schmutzigen – selbstredend schmutzigen – Krieg. Und was tat Bulgarien? Es schrie nach einer Mauer, damit das erbärmliche Pack mit seinen ansteckenden Krankheiten und seinem Gejammer vor der Tür blieb. Zum Piepen!

In Paris wurde ein Held der freien Meinungsäußerung zu Grabe getragen, den Fanatiker ermordet hatten, die seine islamophoben Cartoons nicht lustig fanden. Und was für eine Musik wurde auf der Beerdigung dieses Helden der freien Meinungsäußerung gespielt? Die kommunistische Hymne. Die Internationale! Zum Piepen!

Es gab immer etwas zu lachen auf der Welt; die Geschichte war ein Irrenhaus, das Liliya heute noch hinter sich lassen wollte. Sie schrieb das Rezept ihrer Liebesknochen, ihr letztes Geheimnis, auf einen Zettel, deponierte ihn als Vermächtnis an einem gut sichtbaren Ort in der Wohnung. Dann kuschelte sie sich mit breitem Lächeln aufs Bett, den zur Feier des Tages ungewaschenen Hintern gen Moskau gerichtet.

Sie sollte unter einer Grabplatte liegen, die Nachkommen der Taube Juri Gagarin bekäckerten, von denen bis auf den heutigen Tag noch viele mit ihrem Geflatter den wundersamen Himmel über Sofia beleben.

Dimitri Verhulst

Der Bibliothekar, der lieber dement war als zu Hause bei seiner Frau

Roman

144 Seiten, btb 71324
Aus dem Niederländischen von Rainer Kersten

So drastisch wie komisch:
der vielfach preisgekrönte flämische Bestsellerautor.

Es muss doch noch mehr geben als eine langweilige, vorgezeichnete Existenz ins Grab hinein, eine lieblose Ehe, die einem jede Selbstachtung raubt, und Kinder, die einem fremd sind – sagt sich der gut siebzigjährige Désiré Cordier eines schönen Tages. Und entwirft eine ungewöhnliche Strategie: Er beschließt, einen auf dement zu machen …

»Dem Tod und dem Sinn des Lebens nähert Dimitri Verhulst sich mit großer Skepsis und derbem Humor … eine Kunst und ein Gewinn für den Leser.«
NDR.de, Kultur

btb